绿树光阴

青子◎著

時代文藝出版社

图书在版编目（CIP）数据

绿树光阴 / 青子著. -- 长春 : 时代文艺出版社,
2021.6
ISBN 978-7-5387-6880-0

Ⅰ. ①绿… Ⅱ. ①青… Ⅲ. ①诗集－中国－当代②散
文集－中国－当代 Ⅳ. ①I217.2

中国版本图书馆CIP数据核字(2021)第127627号

绿树光阴
LYU SHU GUANGYIN
青子　著

出 品 人：陈　琛
责任编辑：李荣崟
装帧设计：任　奕
排版制作：隋淑凤

出版发行：时代文艺出版社
地　　址：长春市福祉大路5788号　龙腾国际大厦A座15层　(130118)
电　　话：0431-81629751（总编办）　0431-81629755（发行部）
网　　址：weibo.com/tlapress（官方微博）　sdwycbsgf.tmall.com（天猫旗舰店）
开　　本：710mm × 1000mm　1/16
字　　数：350千字
印　　张：24.5
印　　刷：三河市万龙印装有限公司
版　　次：2021年6月第1版
印　　次：2021年6月第1次印刷
定　　价：58.00元

自言自序

最初接触诗歌（词），是在小学的时候。

在记忆中，夏日里窗外下着雨，和弟弟躺在炕上“作诗”玩，想起什么就写什么，其实也不是诗歌，也没有格律什么要求束缚，顺口溜而已。现在依稀还能记得几句，这也许就是我早期对写作的尝试和接触吧！

青少年时期背诵不少诗词。那时没有其他玩耍的东西，还是到处借书看的时代，看到一本书就会如获至宝，兴奋不已。当时哥哥在师范学校读书，每年的寒暑假他都会从学校图书馆借来不少书籍。我常规的著名诗词并没有背诵几首，反而那些非经典的、少见的诗词倒是背下来不少，可能是想要自己背诵的与别人不同的心理在作祟吧？想想应该是这样。

记下来不少这样的诗词，以致后来学文的哥哥问起：“从哪里看到的诗词？我怎么没看过呢！”

我并不完全理解诗词含义，只是觉得好玩去就背诵，具体是怎样也说不清楚。我朦朦胧胧地从诗词中能感悟出一些内涵，在遐想的空间自由地畅游，天马行空一般，充满了无限的乐趣。

随着学习的知识和生活的经历的不断增多，对事物的理解会逐渐发生改变，随口或读或哼出几句，自娱自乐，有时还可逗乐孩子。

记得 2015 年和父母一起去身处广东的弟弟家游玩，弟弟家中十几岁的侄女是一个文静却思想独特的孩子，与她在小区花园玩耍时我无意随口说出几句诗，她就好奇地问我："你在说什么呢？" 看她感兴趣，我逗她说："作诗啊！你说什么我给你作什么诗。" 这样她看到什么就说什么，我随口吟说出来的几句，也会逗得她开心大笑，欢快的样子十分可爱，她也愿意缠着和我玩。如今她已经是广州美术学院的大学生了。

每个人对事物的理解会有不同。在写作上，每个人都会有自己的看法和观点。涉猎和所学的深度不同，存在差异性是合理的。

自己写诗时的心境，是很难与别人说清楚的。"一棵苗子长出来了，就迎风而长，能长多高就多高，不要太急于结穗。麦子如果只有半尺高就结穗，那穗就成了蝇头。培养和聚积能量是最重要的，万不可张狂轻佻，投机迎合，警惕概念化、形式化，更不能早早定格，形成硬壳。写诗是一生的事，长跑才开始，这时候两侧的人说好说坏都不必太在意，要不断向前，无限向前，做好你的人，过好你的日子，然后你才是诗人。"

作品中提及的名字"青子"是我的小名，父母、亲戚以及老家那边的熟人都这么叫我。虽然年龄大了，听到别人叫起来，我还是感到亲切随意，只是现在这么叫我的人越来越少了！现在想想父母还是有文化底蕴的，这小名起得还有些诗意！文集的后部分写的是关于我父亲的一些故事，我父亲一生中都对生活充满热爱与执着。可以这样说，如果没有我父亲对我产生的影响，就不会有我现在对生活的感悟与理解！

"凡为过去，皆为序曲。"

这一年终将会同往年一样过去，也发生了不同于往年的事情。无论发生了怎样的波折和翻转，这些都终将化为记忆的过往。

这本文集中的作品大部分是在 2020 年整理完成，所含作品均为原创，一部分是已经发表过的，也有一部分是参加了一些征文活动的作品，杂七杂八也有，希望读起来不混乱。所写的是否真能感怀意境，或是情怀，或是韵律，或是格律，是否符合诗歌的其他要求，请您宽厚认真指导，一定合揖感谢！

青　子

2021 年 1 月 18 日于北京

目　　录

诗　　歌

散　文

诗歌

错　过

灰暗的天空，闭上的眼睛
闪现的过往
倔强与顽强，快速奔跑的你
在努力成长的景象里
坐在学堂里，思绪已飞天边
仰望阴郁的圆月，浮想联翩

曾经路过，忽略了风景
遇见相识的故人
牵手寒暄的身后
溜过了浪漫的恋情
转身间，最温柔的亲情
已封存，深埋在那千里

不知不觉失去了许多
也曾回想，是否能够重来？
可是，人总得向前走

怎么能够停留与迟疑？
如果没有了信心
那你，还能剩下什么？

暂缓描绘往事
无畏地继续顽强
让别人去书写你的故事
穿透云隙的光芒
刺痛困惑和迷茫
张开的眼中，映现绚烂的霞光

2020 年 2 月 28 日

彩　虹

无懈完美的高原
稀薄的空气
夹杂着苦涩的咸味
期盼神往，填满了缝隙

束缚后的欲裂
充斥角落，无处躲藏
想法越多嵌入得越紧
头痛无欲，该让狂跳平息

断开思路，转折来临
远处飞卷的乌云汇聚
一丝清风淡淡吹来
焦躁挥散，清新飞驰

任树叶摇摆细雨落下
抬起了头，忽然看见

你的肩头，出现彩虹
炫彩的眼中充满新奇

清爽在心间流淌
修饰着你的完美
崎岖小径，蜿蜒向前
路旁一簇小花，描绘着春意

2020 年 3 月 1 日

远　行

年少的远行
心中充满着美好向往
虽有艰险坎坷
却不曾回头张望
欲行的路途，痴心不改
沿岸的风情，从不移恋
就算是有崎岖阻挡
迈步前行，只为我心开阔

使远足者疲惫的
不是远处的高山
而是鞋中的沙粒
怎忍其厌倦黏粘
轻翻抖落间
远处高峰，锦绣辽阔
流云美景
已在你的腰间，飘过

2020 年 3 月 7 日

向　往

夏日的童年
阳光温暖地照耀
不知为何就进了学堂
你拥我挤，追跑跳闹玩耍
结伴安静同行
课堂上，绷起幼稚的脸
思考的皱眉
认真破解试题的模样，眼前闪动

长高的个头伴着年级流淌
年少的志向在似懂非懂间
已踏上远途之路
任时间匆匆过
长大后的故事太多
有些开始模糊
而那些，操场上成长的日子
已停留印刻在脑中

那个阶段所有的故事
太青涩太清澈
太单纯也太单薄
很久很久以后
在遥远的地方转头望去
透过明亮的玻璃窗
温暖的阳光
依然照耀在教室的课桌上

在记忆的心底
被照耀的心房
从来就不曾灰暗
以至于多年以后，依旧向往
总是温暖地回忆
和亲切地回想
同学的我们
曾经，在一起的那段时光

2020 年 3 月 9 日

如期而至

有时候在眼前
常常是，快速行驶的景色
听着熟悉的歌曲
记不得的歌词
现在的，遥远的，慢慢地
浮现眼前，放空了自己

遥远的期盼
现实与梦境的愿望
就在缥缈的空中燃烧
是什么？
说不清楚
仿佛把自己抛起在空中

不必要明了，让自己醒悟
你的世界，终会有人跳舞
有时候的开心

有时候的伤心
遥远与现实的交流
就是这样，如期而至地交织

不知道走了多久，从没有过停留
陶醉中体会，在那样场景中融合
任思绪飞扬，从天到地
不需证明，都没有改变
你的梦想已经迫不及待
和可爱的天使，一同就要到来

2020 年 3 月 12 日

梦中的爱

又在梦中见到了您
亲切的眼神，慈祥的笑容
清晰超过脑海中印留的模样
发生的事情比现实还要真实

这是匆忙白昼里期盼过
无法见到的情景
我知道，虽然分离了很久很久
您的爱已永远停留在千里之地

却挥不去记忆的一切
似在昨日，历历再现
不知是从我儿时的哪一刻起
您出现在我的记忆里

您给予的生命和成长的关爱
每一个点滴片段早已串联

汇成了深深大海
伴随对您无尽思念的浪涛，永不停息

已记不得多少次，在我的梦中
每一次都有不同的场景闪过
每一次又有相同的温情留恋
每一次醒来都有甜蜜的酸楚

心里还有许多许多的话想和您说
无论我走到哪里
是在人迹罕至的荒野
还是身处拥挤繁华的都市

我都能感觉到那最温暖的爱
守护身旁，伴我前行
深深的怀念不需眼泪的相伴
那曾经的爱，重现在我的梦中

2020 年 3 月 27 日

光芒闪耀

肆虐的狂魔用力按下停止的键盘
迷雾出现，笼罩着太阳的天空
世界忽然就进入了黑夜
寒冷取代了温暖
人们躲在关闭门窗的角落
惴惴不安中，期盼光明
浓雾开始扩散
寒冷可以冰封大地却掩盖不住
心中的光明
黑暗降临的刹那
出现了努力寻找光明的人们
为了心中的希望，寻找着一丝光亮
伴随着黑暗与寒冷
冻僵的身体开始燃烧
用穿透迷雾的火光点燃了火把
传递给身后
是无数的火把照亮前方的道路

是无数的力量打开了重启之键
让旭日冉冉东升，让迷雾散去
温暖普照大地让冰雪消融
山河一片勃勃生机
人们走出家门
走在绚丽多彩的世界里
才更能体会明亮的天空下
那些永远停留在寒冷与黑暗
为我们换来温暖与光明的人
他们的灵魂
已融入光芒万丈的阳光中
丝丝闪耀……

2020 年 4 月 2 日

飘散远方

相逢清晨的春花里
追逐在欢笑中轻吻
我们手挽着手欢跳
追寻着炽热的阳光
山顶的落日余晖
映红了天边
那是我们
相伴要去的远方

闪耀总在一瞬间
怎么你会匆匆地离去
留下美好的一段时光
独自飘向远方
崇山峻岭，千山万水
阻隔了我们
我只能站在原地
看着你，一个人孤单地离去

划过夜空的流星
点燃了万丈光芒
映现出你的身影
消失于云际
不忍你这样离去
呼喊着你的名字，山间回荡
思念的心已奔向你
随你一同，飘散在远方

2020 年 4 月 5 日

无人打扰

清晨街道开阔的路口
车辆快速驶过
站台几个陌生的脸孔
看不见熙攘匆忙的脚步

掠过眼中紧握的手掌
挥舞着不同的身形
绘成多彩的画卷
街边转角离去，消失不见

桌面热水杯
细丝茶淡淡的香味
盘旋着雾气，消散冷却
丢弃在桶中积攒

坐下站起的座椅
电脑屏箭头闪烁

走进走出的门
旋转着走马灯的缤纷

焦躁的汗水熏蒸
在卷曲头发里安宁
急切的催促
回荡耳中，丝丝嗡鸣

紧裹棉衣，温暖发僵的身体
路灯下，影子被疲惫拉疼
鞋跟用力敲打
点亮了，漆黑楼道里的灯

孤独的思绪
一个人难耐的眼睛
映出黑夜里残亮在闪耀
此刻，无人打扰

进入寂静的梦境
飞扬的故事无人欢庆
不知道，是否真的存在过?
我还在梦中，用力徘徊思索

隔壁响亮的孩啼声
瞬间，惊醒了暗寂的黑夜
消散了天空的晨雾

不见了星星……

2020 年 4 月 10 日

青春的故事

微风吹来，憧憬如梦幻般美好
是谁的声音打破
听错的是年轻的倔强
离开的身影，是在证实执念吗?
不是恶意拒绝善良
不是冲动推翻理智
只是，懵懂在流过
来到现在选择，继续还会怎样?
一声不吭的好，已沉默
那时，公园爱情的故事太戏剧
回头寻找发现
幼稚徘徊将沉默激怒
可不可以不再共享?
曾经的人痛苦终成陌路
默默地待续中
出现火星也不再恐惧
至于以后，今夜我想说

风吹的过往

留下伤感已消失痕迹

无人可替代

这是，别人青春里的故事

2020 年 4 月 15 日

医　　者

医疗之人
有技术，胸怀含人文
古今中外
共有特点均是如此
技术深厚伴行理解能力
并知患之心的认知
是医疗的本质内涵
这些，绝非是先天与生俱来
尚需后天学习形成
或老师，或进修自学积累
提高专研技能业术
也要有温度，也有情感
此乃人文重要之需
学历水平的高与低
经历的丰与富
若失温度，忽略忽视情感
终不能成为良者

医疗人文中的情感
要付出帮助，还付出关心
也接受帮助，也接受关心
为此始终，铸就大医大爱

2020 年 4 月 16 日

一只自由游泳的青蛙

一群小蝌蚪叫嚷找妈妈
游出窝潭进了小溪涧
小溪的水啊哗啦啦
清清的水，急急地流
冲翻了身体不停地转
吓坏的孩子往回跑
留下的一只惊慌地逃
逃出了身体丢了尾巴
喘息的大嘴张啊，张啊张
游啊，游啊，游啊游……

游进了夜晚静悄无声
看见满天的星星眨眼睛
无助的孩子慌啊，慌啊慌
大大的脑袋睡着了
暖暖的太阳照醒了
独自一人想妈妈

短短的小脚快啊，快啊快
游啊，游啊，游啊游……

不见了小溪在身后
无岸的河水深啊，深啊深
映出鼓鼓的眼睛长长的腿
无拘地快速争上游
自在地游啊四处扬
传到井里发出嘲笑的声
一只自由游泳的青蛙
多可笑啊，多么的可笑
害羞的孩子跳啊，跳啊跳
游啊，游啊，游啊游……

游过了激流和浅滩
游在宽阔的河中间
游进了多彩的世界里
找到了妈妈在眼前
快乐的孩子啊，多欢乐
依偎妈妈的身旁
不再恐惧，什么都不怕
轻松自在又自由

2020 年 4 月 17 日

延续的感动

今天，是我的最后一班岗
停车场管理员也在
院里扫地的大叔走来念叨着
昨晚下雨刮风，树叶落了不少
早上五点多就开始扫院子
饭也没吃，有点饿了
因不熟我没有和他打招呼
他离开了，一会又回来捧着三瓶甜水
没说话给了管理员一瓶，也递给我一瓶
扫院的大叔自己咕咚咕咚地喝着转身离开

忽然的感动有些心酸
想感谢时他却不见
他挣钱辛苦，我和管理员说
让他帮我把这瓶水还给那个叔叔

管理员讲了大叔的故事

一位常年工作在井下的矿工
生活困境造成了沉默的性格
一次因为迟到没赶上班车
打车上班途中出车祸腿骨骨折
住院期间听说那天坐班车的工友
因为井下瓦斯发生了爆炸离去
出车祸时觉得很倒霉
但他常常说起，自己又何其幸运
要忘记不愉快不开心的生活
虽然现在走路一瘸一拐
家人却因为有他生活更有快乐

出现的每一个人
都是要教会我们什么
不论什么时候
都要保持一颗善良的心

在站岗这一周里
每天都有不同的人
把热的牛奶、热的豆浆、各种水
不说什么，放在岗台上离开
因为去卫生间不方便都没有喝
这些却一直感动着我
虽然身体有些累，心里是快乐的
管理员师傅说我都可以开个小超市了
卖各种水，我要把这份感动延续

2020 年 4 月 17 日

雨的泪

小时候，委屈的不快
总在温情抚慰后消失
洋溢的心被平和化解
关爱眼神里有固定的标准
耳旁环绕着叮咛
好多的要求束缚，反复说明

你是谁家的孩子？
挣脱要把幸福的门打开
风里雨里走过才知道
曾经最反感的絮叨
那里蕴藏着
最浓的、最深的爱

微风吹动了你的头发
牵动他们的担惊受怕
欢乐还是痛苦，都能与你分享

过去了，就不会有人听你再讲
如果能回到那时，重现一幕
那该是多么的幸福

你在遥远的地方
心倦体乏，忧思又上心头
是否会有人在意？
走在雨里，匆忙的脚步经过身旁
是否会有人发现？
雨水流进你的眼里，变成了你眼中的泪

2020 年 4 月 19 日

反　转

习惯的思维，习惯的动作
物理冲撞在脑中接连出错
缓慢冲击，破碎坚固的枷锁

按照预期发生的事情
结果遭遇新的不幸
洋溢热烈，最后判定结论尤为平静

微小的预期，被无限放大传播
道理满满的证据，蒸发为浩瀚烟波
已胜券在握，失败滑落一路下坡

巨坝破溃，坚固一泻千里
慌乱的心跳无处躲藏，失去秘密
反转的场面，犹如顺从突变叛逆

你要做好准备

强大的心灵也要保护

锁紧惊吓过的心，需铠甲包裹
涂抹瞠目的脸，慎言广泛概括
口是心非，是否是成熟的收获？

不用心跳不止，不用低眉犯贱
包裹内心，戴上面具提防利剑
反转的结局反转，反转再见

2020 年 4 月 21 日

有人记得你的生日

早上起床
电话响起妈妈的声音
祝你生日快乐！
今天是我的生日？
昨日已收到家人的礼物
现在，却像没有了记忆
机械重复着
每日习惯的动作

小时候生日撞破欢跳的鸡蛋
妈妈的笑脸总是关爱慈祥
远离家门，准时会响起千里声音
今天你过生日吃点好吃的
我没有事，我和你爸都挺好
然后就匆匆地挂掉
忙碌的日子过得快，改变不知不觉
时常忽略掉一些片刻的安宁

邻居好友的孩子与我同一天生日
小孩的生日，父母总是记得
有快乐和惊喜给他
开心跳蹦的生日帽，沾满蛋糕
奶油涂在无忧快乐的脸上
晃头拍手唱起快乐歌
有几次叫上我一同吃饭
喝酒聊天，唤起了心底的欢快

偶然间，几位朋友无约的到访
恰巧的日子，同事出差聚会
家人或老友发来的祝福
平添感触的乐趣，记忆难忘
忽视的不是内心别人的忽视
隐藏关注的开关
掩饰关闭越久
越有强烈的打开欲望

开启时心房敞亮，映射明快
留存在记忆里
有了心的交流，自动会打开
没有记下的那些事太过平常
不正常，波折发生过的事情
才能够被经常地想起
或者是被你记得

难道不是这样？

音乐什么时候停止的？
随手熄灭的车
怎么会这般规矩
停在中间的位置？
走出车场，走进大楼
坐在椅子里用力回想
车门是否关闭？
我好像，又失去了记忆

2020 年 4 月 24 日

快乐打扰

祥和宁静的驻地，愉悦和平坦交织
追求向往善良的人，无忧的欢笑
坎坷躲藏，阴暗的角落
烦恼和忧愁，一同窥视
无情将痛苦的子弹射出
贪婪地要把美好蚕食
攻守激烈白热，你争我夺的阵地
苦痛折磨的身体疲惫不堪
意志支撑的堡垒几番动摇
无论怎样的方法，怎样方式也要稳固
援兵远在后方，只能自己顽强支撑

都在坚持，筋疲力尽
越是最后，抗争越是残酷
坎坷绝非命运安排
是懦弱和消沉把它供养
它要存在，没有滋生的养分

萎缩殆尽，最终失败离开
受过的罪，经历的苦，无人替代
独一无二的你在幸福的家园
悠然环绕，只有快乐能够打扰

2020 年 5 月 6 日

童真快乐

清晨雨雾绵绵
湿润空气洁净清新
草尖上，水露欲滴
路旁小树绿意盈盈
公路上汽车安静驶过
人行道里，人来人往

清凉夏日让人愉悦
撑起的伞下
调皮的牙齿，甜美更加清澈
孩童般明亮的眼睛
伴着温柔和自信
熟悉的人们，相互问候

笑声在欢快路上
重复日子，不同的细致
总是那般耐心，固定身旁

不慌不忙停留在书桌
开始寻找
淹没海洋中的繁乱

藏到了哪里?
纤指舞动快速敲击
纷纷跳出了屏幕
最后，伴着童真的笑声
多姿的色彩整齐码放
笨笨的小孩，也能找到糖果
快乐在嘴里填充
甜甜的味道，飘在空中

2020 年 5 月 12 日

快乐简单

经历增长成熟越多，童真消散
有时，口是心非紧跟身后出现
习惯性思考，看规矩的条理再做
复杂纷扰交往，总是让你无法闪躲

改变最初想法，还没忘却想念
受外围影响，不抱怨环境改变
回想涌来的烦琐，为什么会跟随？
那又是谁？保护着内心的憔悴

简单的内涵，实质并不是复杂
结局奇怪，顺利超过聪明的潇洒
有时，就是这样简单地发生
简单想法做事，是智慧给予的支撑

简单，会把美好快乐带来
是非结论，在冥冥之中固定安排

不相信，谁说的有鬼有神存在
完美的结果能感觉得到，却难猜

我就是这样想，也很明确
你或许，也有过这样快乐的感觉

2020 年 5 月 15 日

蒲公英的假期

天空中雪花飘落
进入的假期
伴着孩子的欢笑跑出了课堂
拥挤的身影，转瞬消失不见

留下寂静的教室
关闭的大门
都在安静地等待
等待着，那一拥而入的欢快

黑夜来临渐渐睡去
太阳升起还这般宁静
没有听到闹钟的响铃
是错过了什么？

暖风都吹来了
操场边树枝已经发芽

地面上小草偷偷冒出头
篮球架孤单地陪伴

在哪里？都去哪了？
不见追跑嬉闹的欢笑
微风停下脚步
焦急地侧耳倾听

依旧是如此的安静
等待中睡去的小草
已经开出金黄的花朵
远处绿树成荫枝繁叶茂

清新的小花，结出白色绒球
那是它的果实和种子
只等待追风的少年
轻轻一吹，漫天飞舞

2020 年 5 月 15 日

城市倒影

城市的中央公园
小路弯弯不见尽头
绿茵成行繁花点缀
清凉夜色中，微风浪漫
挂在天边的星星
绽放笑容，眨了眨眼睛
路灯更加的明亮
拉长了影子，匍匐在草地边缘

看不到痕迹
焦急地追跑，跃出围栏
漆黑的路面难以寻觅
消失的影子，钻到哪里消散？
河岸的交界
迷雾中若隐若现
映衬水中的魅影，迷离舞动
水雾交织，夜色掩映着虚幻

时而迷惑，时而发呆

现实迷幻只在一线

放松麻木的双眼

走过清凉的河岸

皎洁的月下

平静的公园

矗立中央的探照灯关闭

那是谁的影子已成了谜

2020 年 5 月 16 日

绑　架

幽暗的路灯
没有发现身后那些窥视的眼睛
独自行走在路的中央
急促的刹车声，响彻在身旁
消失在暗夜的尽头
蜷缩着身体，面罩里漆黑
恐惧袭来，冲乱清醒的头脑
我一贫如洗，没有财宝

愚蠢的捆绑，是谁认错?
无人搭救，转念暗自窃喜
目的地，准会大吃一惊
这是一场欢快的游戏，不需心惊
导演，编剧，演员
一个人精彩的喜剧就要上演
束缚的身体笑到了抽动
跌落冰凉的地面，无痛无痒

挣扎爬起，活动手脚
张开眼睛，灯光里各种嘴脸
一眨一闪狡黠的目光
混乱嘈杂中，有人叫嚷
沉着应对，招来猛烈的咆哮
怎么不是预料场景？
还敢辩解，搞错了情报？
聚拢围观，连续瘆人的嘲笑

无形的皮鞭
抽打完整的躯体，内伤致命
扰乱了心跳，难辨出美丑
放弃挣扎，更换理念，新的自由
轻松的回家路上
夜空星光闪亮
一个人行走，不怕惊吓
也不再担心，被谁绑架

2020 年 5 月 18 日

黎明开启

舒缓的乐曲，在地平线升起
穿透了天边片片白云
唱响清晨的第一缕霞光
挥动万千光芒，映照无限辉煌

旋转的大地，沐浴着歌声
沙漠中，热浪尽情起舞
茵茵的原野，绿波荡漾
雾气缭绕在山林间相望

城市的玻璃窗，
闪烁不断，迷幻的色彩
投映在大厦的顶端
远处树荫下，气息温暖

蒸腾的气浪浮现空中
依偎缠绵，滴滴落入小溪

晶莹剔透，手拉手欢唱
条条丝带纵横交织伸展

绣画波涛激流的背景
激昂的乐章跌宕起伏
在山川间咆哮，奔流变换
溅起的水花，飞跃出险关

跳进无边碧海，流向远方
拉上暗夜睡去的帷幕
余晖落日，在夜色中静息
等待着，下一个黎明的开启

2020 年 5 月 20 日

梦里找不到你

旋转的舞台缓慢停下
今日紧张的空气里
呆板的表演，不再生长
观众，开始纷纷地退场

落下了大幕
没有监管
谁都可以精彩自信
自由彩排，放松开启

没有限制束缚
情节在我手中聚拢
朦胧迷幻，阳光灿烂
摇摇晃晃，波涛翻涌

不断变换的场景内
无法预测，无法防备

欢快、忧伤、恐惧、坠落
明日情景被带进剧中承诺

没有刻意安排
镜头里看不到了自己
我是主角不要发呆
你怎么来到我的舞台?

你在说什么?
我努力，好像想了起来
我刚刚记起了忘掉的你
一转眼，你又去了哪里?

来不及辨清你的模样
寻找，不见你的影踪
变化太快，是不是原因?
认真，也听不清你的声音

留下感觉，你曾来过
离开了梦境
我的梦里已找不到你
而我，还在四处寻觅

2020 年 5 月 21 日

尴　尬

急促的心慌，嘴角伴着搐动
身体僵直躲在影子里隐痛
不聚焦点的眼睛，开始四散玲珑

手脚放哪里？才不会觉得累赘
沉闷笼罩头上，微风不吹
虔诚问候，伸手的侧身滑过了谁？

长时间，间隔着遥远不语
摆弄衣角的手已经攥出细雨
沉默徘徊，就在此处往复

发呆的目光不断变换
越是躲避越是触碰头冠
高傲跌倒，爬起后成就新的景观

风趣地谈聊，愣愣地伫立

设定清爽的后果，怎么又显得油腻?
此时，需要坚毅支撑直起身来的你

有神的自嘲，别惧怕含蓄休闲
温柔推开拥堵，这样轻松向前
通透流动，你要仰起低垂变色的脸

2020 年 5 月 22 日

你是不请自来的不速之客

夏日的雨伴着闪电而来
来不及逃跑淋湿了头发
无处闪躲，默默走在路上
饥渴的土地，细水在流淌

衣角开始滴水
落在湿透的脚背
低头看路旁的小草
羞羞地，歪头倾倒

谁的魔力让她如此迷恋
是她，期盼已久的等待
手牵起手细语轻歌
迎接突如其来的不速之客

依依相惜的注视
微风吹落眼角的雨滴

激荡心中涟漪微波荡漾
洁净的街道都变了模样

疾驰而过的汽车
带走最后的那片云彩
清新的夏日，温暖湿润
远处天边，泛起了红晕

2020 年 5 月 22 日

逃之夭夭

远离喧嚣的人群
听不见讥讽和嘲笑
寂静的旷野为家
孤独的心躲藏树下

苦痛和酸楚混合
那些幸灾乐祸的人
请不要挂念
泪水，也能浇灌出无畏和勇敢

冰冷的霜雪跌落爬起
云雾散尽的夜空
断崖的边缘风雨相随
云雾里，点点繁星清新干脆

广场中央的彩屏
手中的鲜花浓香扑鼻

涌现出唯诺的身影
拥挤的潮水热情欢迎

多么的惊险
编织了赞美的网
带有迷人的炫彩鎏金
困不住逃之夭夭的心

2020 年 5 月 23 日

绿树光阴

我又好久没有回去家乡
这个季节
在院子里的那棵树
应该已枝叶繁茂，绿意成荫
那时的小树，生长在小溪旁
被风刮断倒地，父亲心疼不已
修枝培土有溪水的滋养
渐渐地，它长成了大树

它感受着父亲的培育
让它看到这天，看到这地
看到脚下的水流向远方
看到父亲走出，又走进家门
它也看到父亲最后离去
就不再回来
那个夜晚，天空异常晴朗
繁星点点，北斗星格外明亮

送父亲离开之后，我好像看到
有白鹤掠过
天边的烟霞孤云
经历了一个又一个寒暑
仿佛那是生命的反复
瓦砾和泥土又混合在一起
草木茂盛的故事是父亲讲给我的
我想，这棵树也曾一同听到

听着你的故事，来成就你的向往
那天的树影，是否暗藏一种执着
心绪无人知晓
但，我已学会了观察
我知道，答案在历史书中会找到
就算是树叶落了满地
去往何方也不会惊心动魄
只需等待，光阴又填满绿色

2020 年 5 月 24 日

我有个工整的名字

今天听写的课堂
老师说，名字要写工整
方格里笔画留下过程
写下了工整的名字
全神贯注地继续
认真的白纸上，写满端正

妈妈马路旁等待
欢快蹦跳扑向怀抱
温柔的手，牵拉背包的绳
洋溢的笑脸喘息急迫
考试我都答对了
亲吻在额头，微笑眼睁

宣读的成绩单中
怎么缺少一个名字
羞红的脸低头支撑

不开心噘起了嘴

低垂的脑袋，无力的腿

走出校门，沉默无声

同样的微笑

同样的怀抱

同样的鼓励真诚

满分试卷成长的路

记住你的名字

和你一样工整

2020 年 5 月 24 日

年轻的笑容

边陲小城，国庆假期
蓝天白云，微凉的秋风
吹过街道，多彩的盛装笑语
愉快地漫步，陪同父母游玩

情真意切地款待，载歌载舞
温暖地牵手跑进音乐广场
年轻天地里，年老父母的身影
带来笑声，彩光更加迷离变幻

第一次听见，母亲唱响家乡歌曲
多么的惊喜，掌声又起
音乐填满角落，你第一次看到
父亲温柔拉着母亲的手，含情起舞

艰难岁月，不忘追寻信念
经历苦痛与磨难，永葆乐观

平凡的相濡以沫，温情精彩
未曾改变过，执子之手的誓言

老去的年龄，只能染白黑发眉梢
向往美好的期盼，一如少年
闪烁的灯光，五彩斑斓
沧桑的脸上，映出了年轻的笑容

2020 年 5 月 25 日

因你而老去的父母

是从哪一刻起，你记得他们的脸
才听得懂话语
蹒跚的脚步跟随在身后
需要多大的力气
才能跑在面前张开手
在温暖的怀抱中甜蜜睡去

稚嫩的小手触碰不到
急迫饥饿的小嘴
被填满软软的香甜
哭闹流涕，不见下颌湎湿痕迹
沾满污秽的部位
洁净散发，淡淡的香气

当你走出家门走进另一扇大门
另一只手牵着你
频频回头哭闹的手

他们眼睛望着你，挥了挥手
你就开始了成长
他们也因你开始老去

你已长大独立行走
远方新奇在你脚下
你有朋友外出不归
欢聚欢饮手足舞动
体育馆，演唱会声嘶力竭
雨中徘徊，是你追赶的忧伤乐趣

新的世界变幻的事物
你站在前沿的前面，回头发现
他们怎么这般顽固落后？
多姿的色彩
在他们脚下单一地走动
跟不上步伐，他们即将老去

是谁？忽略他们的存在
给予不满的指责
或是不耐烦的应答
也有不停止的要求
随时都在约束他们，留在原地不动
他们怎么可能不会老去？

也许没有了你

你的眼中，也不会出现他们老去的模样

他们也有可能不会老去
围绕身前身后，关爱的话语安静地响起
温柔的眼睛，拉起了手拥抱感觉温暖
满脸皱褶清爽的笑容
热闹场地，蹒跚的舞步
带上他们在远方，拥有情真意切

他们从没有老去
因为，你是他们年轻的延续

2020 年 5 月 27 日

遇见青春

青春就像个孩子似的
顽皮时候，总是把自己弄伤
是谁让青春愣得发呆
哭得痛快的青春溜走
谁把青春编织成网
网住青春不再流失
流失的岁月悠远漫长
沉淀基石竖起的丰碑
刻满青春的无怨无悔
无悔名字闪耀着光辉

青春的光芒，青春的光芒

在激情的岁月中闪闪发光
还在发呆，哭得痛快
谁的青春不曾迷茫
编织过绚丽啊多彩的梦

逝去泪水是甜蜜的回忆
挥洒朝气依旧充满活力
青春编织的梦想就是简单
这样的美好不再愣得发呆
年华的勇气和梦想
痛快地在我的青春遇见

远去的，过去的，留在了我的青春路上

2020 年 5 月 27 日

醒来的故事

我把故事写进书里
飘扬的精彩感觉很好
有欢乐，有忧伤
却不敢独自孤单
孤单的我有时也会忧伤
忧伤的故事看了你会流泪
流下的泪水，落下了雨滴
孤独的小草
开不出绚丽的花瓣

从不忧伤，我不愿孤单
你是盛开的花朵
要一直有阳光的照耀
花蜜才更加香甜
撒下的花瓣，充满了芬芳
飘散在满天星星的夜空
安静的星光

看着我的故事伴你入眠
梦里的情节温柔的缠绵

从不忧伤，我快乐无边
浪漫的酒已斟满酒杯
慢慢地品尝
慢慢在回味
醒来的故事随风飘扬
甘甜的回忆柔软绵长
我的故事不再忧伤
刚刚的开始，灿烂的笑容
记录在我的书中

2020 年 5 月 28 日

忘记煎熬记得爱

经历纠结，做出决定
伤口开始愈合心绪却繁乱
无力的躯体比伤痛难过
开朗变沉默是煎熬带给的苦

谁能真正了解
不断地调整不断地解释
掩盖不住涌起的消沉
延续苦痛，谁还在眷顾?

脆弱伴着无奈
突然间泛起酸楚流泪
要表达什么样心境?
时间慢得都已凝固

那是怎样的经历
不在眼中的头发知道

都会过去，都已过去
不孤单往返，有陪伴照顾

更加关注的爱
包裹着，保护的温暖
不会寒冷，不会颤抖
才会酸楚，才会无奈

用情感受爱的滋润
人群依旧走过你的身旁
无人记得经过
又是谁和你打过招呼？

忘掉苦痛的煎熬
人生的波澜
你拥有着永恒的爱
何苦在意短暂的不快

2020 年 5 月 29 日

悠悠古情绵绵今叙

春雨垂落，和煦春风
吹开尘封的往事
引来赞誉趋之若鹜
微凉的花开，浓烈得四溢
世人陶醉性情大发
癫疯尔雅，欢跳起舞

花白胡须，少年轻狂
诉说哀婉柔丝的情长
儿女柔肠也伴豪情
曾经一怒仗剑天涯
踉跄的拳风
激荡在风花雪月的江湖

飞跃苍茫云海
滴落无尽的忧思
飘落山涧溪水潺潺

沐浴青草花果
惊现了古怪精灵
腾起穿梭，在云雾

掀翻的炼丹炉旁
醉眼微睁，美貌不老的仙子
袖带飞舞缭绕
纠缠微寒的月宫
呆萌醉卧的钉耙
也有相思情柔？

反复情结系于心间
定下厮守终生的誓言
悠悠古情，云水千年
绵绵今叙，难诉衷肠
唯玉露琼浆
谁解风情？

独饮也熏，双饮开怀，众饮皆欢
在茅舍乡间停留
从威严宫廷流过
绵软如丝，弥漫飘香
驱散逼人寒气的忧伤
记录天地间化物成章

2020年5月29日

不老仙丹

行走世间，胸怀父母之心
疗伤止痛，无欲无求
触君亲脉搏，望贫民泪水
庙堂敬仰传送到了荒野茅屋

岐黄盘地而坐辩道论术
报奉与你相赠装满青囊
隐居山野中间
遍地杏树，早已花开成林

天黑散街，葫芦里玉堂俨丽
甘肴旨酒诱惑不住
修行的苦僧手握鞭鬼的竹杖
悬壶系于腰间

救世济人，扁鹊直言妄为
不分贵贱，华佗广施良技

精诚为民，孙思邈不止豪言
百草著书，李时珍尝遍甘苦

通关传奇的郎中
官位是几品？
竟让三朝五代的人
广为颂扬了千年

今时以医为业，寻找精髓
智慧的创造，传承创新
在相符一张的胶片里延绵不绝
依旧是传世与传奇

任山风吹过
广漠泛起的黄沙涌动
艰险酷热，寒冬难阻
大义大爱，不停飞翔

祛除四海凡尘疾痛
再忍一时，神通百通
你与仙人德艺双行共磨难
还需一味，炼好长生不老丹

2020 年 5 月 30 日

这不可笑

朴素的话语羞怯的心情
平淡入场，无人理会
嘲笑欢呼淹没你的眼泪
狂欢歌声谁会向你献媚
热闹富丽、阴森的宫殿
容不下流浪的人
流过汗水浸湿的衣衫
藏不住羞怯的影子
同太阳玩耍发烫的身体
不惧寒风的人一定是你
没有白费的功夫
这不可笑，散发馊味也是晚餐

走在幽暗的楼道心里发慌
孤独的人，能感受微弱的光
不必在意自己有多卑微
一样会成长，也会坚强

还有那么长的时间

你变化得太快反差明显

星光缠绕，眼光总会出现

舞台中央鲜花拥挤

荣幸奉送从最近的距离开始

漫步悠悠，微笑等待

都不一样还是一样

这不可笑， 没有音乐也有晚餐

2020 年 5 月 31 日

自然奇观

一只绚丽的鸟
色彩斑斓时寻找最佳伴侣
纠纷还未解决
不速之客又来不断造访
有太多的对手在自顾自忙

互相在协作
泛滥的河水还未消退
秘密在险境中走散
入侵者，攻占你的城市
无所依靠，只能盘旋展翅

统一了战线
竭尽所能，才能扭转局面
落荒而逃的狡诈行动
觊觎你的紧咬着不放行
不只有被夺走，还有陷阱

一时的兴起
落入圈套中，计谋得逞
即使，是在天堂
也是早起的鸟儿有虫吃
无法通向大海的水，终将蒸发消失

保持住警戒
重新开始攻击，安静全无
假象致命，猎人沦为猎物
难怪时刻谨慎不能心宽
这就是，自然世界的奇观

2020 年 5 月 31 日

儿童节快乐

清晨树梢上喜鹊叫喳喳
行驶的汽车多了起来
街道里，红绿灯转过弯
转角处看到一群多彩的书包

多久没有见到啦?
好久没有见到啦!
有口罩遮掩看不见稚嫩的脸
掩不住的欢笑声，轻快地跑跳

相互打量，你也长高了这么多?
秩序井然的校门
安静许久的操场，排起了队
整齐的脚步，安静走进教室

你们一定记得，过去的那个冬日
沉闷的乌云笼罩头顶

持久地盘旋，压得人喘不过气来
你们也感同身受

你们还会记得
那是一个最漫长的寒假
小小的年龄，静息跃动的心
跟随世界一同沉闷

今日出现你们的身影
烦闷散尽，就在欢快的节日里
我们需要祝福，更要记住
这是生命和汗水创造的节日快乐

2020 年 6 月 1 日

外科医生

推门进屋，拉来椅子只坐半边
思考的键盘，打印重复的节奏
不停下敲击，也能判断急迫的召唤从哪传来
应声利落起身，无拖延快速奔去

问候的床旁干净简短
哪不舒服？轻柔的手准确按压那里
揭开了疼痛的纱布
触摸伤口的周围，增加更多的瞩目

紧凑的台旁站位固定，贴近围拢
接递配合，焦点如丝的眼光凝聚
微小的毛细跳动，闪过电光焊牢
灵动伴着细腻张弛继续

脖子持久挺立，弄伤僵直的自己
罩住的口鼻汗水流过，似闻咕噜作响

憋闭顶起了肚皮，不顾忌是谁的难堪
紧密地穿插，完美的演出谢幕

夜半独自翻阅文字成堆，无人喝彩
专享冰凉的饭菜，躺下反复爬起
含蓄幽默也掺杂固执己见
脚步不驻，只为痛苦的脸不再扭曲

清晨，阳光穿透进房间
看你面带倦容站靠桌前
走进的人聚齐关注
听你叙述，灯火无眠的缘故

2020 年 6 月 2 日

内 科 医 生

扩音器正呼叫你的名字
推开门，你走了进来
细语响起，温柔不容置辩
又吸烟了吧？闻闻烟味有多大？

全方位询问，记录不忽略点滴
刨根问底，想不起来的问题
含糊回应绝不能通过
有时，还真的有些不知所措

胳膊上跳动的血管，束缚有些膨胀
她看着你的眼睛，她将视线移开你的眼睛
挤眉伸舌扮鬼脸
没照镜子也能想象，那是什么模样？

上了年纪还要练习长音？
转瞬间敲击又让你沉默不语

不断地变换位置，偷听你的心声
还有什么样的秘密，不被发现？

声嘶的喊叫，顿时没有了言笑
起跑有些偏快，出手更无片刻迟疑
不可想象，无骨的纤细
竟能按压雷霆般千钧之力

冲击的淡墨，流进你的心房
屏幕上思索的眼睛，侦查寻找
泼洒遒劲的断续，柔韧缠绕
一丝一丝地扩张，挤开狭隘的堤坝

轻松的时刻没有欢歌
你准备回家时机最佳
耳旁的叮嘱反反复复
记住，你一定要按时吃药

2020 年 6 月 2 日

游戏通关

吃光盘子里丰盛饭菜
桌旁欢聚人转眼不在
吃得饱饱走在散场归途
活的好好你又陷入孤独

摇晃的身体坐上台阶
慌乱的心跳平稳好些
月亮半圆的眼睛看你
谁的脚步路过去向成谜

半醉不醉，你也想大醉
不让驿动的心烦恼跟随
今夜不再有妄想的打算
偶然的巧合却泛起心酸

街道空空悠闲亦消散
月光优美不需谁的点赞

安静的家中拉起窗帘
阻挡住思念别跑进屋来

想法有点疯狂不能安睡
熬夜的脸怎么留住俊俏
游戏精彩恋战不要太晚
通关太难你要认真去玩

2020 年 6 月 3 日

决 不 流 泪

清风明月趁着醉意
这是你想象最潇洒的时刻
悄悄地说出了一句话
却因此，流下了一滴泪

呼呼地睡去，梦醒了
是谁偷吃没有成熟的蜜桃
反复地纠缠
一丝苦涩带出酸楚

这是很久以前的故事
醉意的回忆将至
印象里不再流淌
是谁把心底暗河阻挡？

结果不是需要分割
只要结论是如何

此时的浪花并不苍茫
任其随波到不了远方

不知怎样开口
你咬了一口的蜜桃
是否还会成熟？还会甜蜜？
醉意又晕头，反出油腻

积存那么久的浑浊
只需重新填满清澈诉说
湿润的难堪
还有风，要继续吹干

以后要喝就要喝醉
喝醉，你就会沉睡
即使有人和你妩媚
而你，也决不会流泪

2020 年 6 月 3 日

隐身世外桃源

是什么让你心慌不安？
招惹的敏感事件
醒来以后发现不对
后果产生，不困难睡

总是自认为成熟
年少新奇早被开除
沉稳的表述掺杂诳语
你一放松就犯了错误

缓慢的脚步蹦跳
风雨波澜，历程低调
身后响雷震大地颤动
挺直的腰背不晃不痛

萌动消失殆尽
好奇引不来一丝惶恐

你曾以为，灵活机智
从不忧伤又在极力掩饰

你一放松，产生后果
后果开花又在结果
品尝诱惑仙果，苦涩相同
打通任督二脉，练就奇异神功

飞出天界隐身不现
不犯错误不用道歉
从此以后，无人阻拦
悠哉悠然在世外桃源

2020 年 6 月 4 日

我的班主任

上学第一天嘈杂，铃声响起
她走上讲台，无声的眼神聚焦
同学们，我是你们的班主任
那一刻，我的学生时代开启
从第一个拼音，稚嫩学会模仿
反复强调，重复纠正着不规则

讲课微笑，异想天开
总会得到答案，断续告状
耐心倾听安慰着委屈
严厉时，我不敢看她的眼睛
改正微小错误，鼓励信心倍增
她又像个孩子，操场上一起追逐

夏季的伙伴，调皮的男孩
跑去大河，浑身精光跳水打闹
远处走来一人，眺望监视

预感上课那时，慌忙拿起衣裤
跑近看清，是她守护路旁
愣眼惊呆，严厉充满着关注

别的老师也有提问
他是另一班老师，就是这样感觉
每当有人问起
你的老师是谁？
第一反应，说出的名字
肯定是您，我的班主任

长大后四处飞翔
不知将停留何方
身旁还会经过怎样事情
有一轮洁光，曾经照耀
打开心田明亮的窗
走向未来，在多姿的世界里开创

2020 年 6 月 5 日

吓你一跳

通过夜里漆黑的路面
路灯照不亮，幽暗的角落
不知隐藏着什么样怪物
树影婆娑，冷风吹来枝叶飞舞

手脚并用沾满油腻
疲惫的身体酸软无力
目的地一直在前方
再软的脚步也要走出芬芳

头脑里信息堆积疼痛
舍不得应用缓慢行动
压弯了腰，需再忍一会儿
随时准备也难能可贵

艰辛苦涩只有自己品尝
风言风语吹不倒热情高涨

讨厌风格，会让人惭愧
强加的观点，选择后再去理会

冷静观察沉着应对
冲过去幽深昏暗
城市灯火映出清晰轮廓
以后也会精彩，不再只是经过

决不固执没有迷失
方向选对不会后退
经历过迷惑
是为未来更加的广阔

说的都对批评无泪
苦闷时刻谁人来贺
总有思念的人耐心等待
不知何时到来有些无奈

依旧期待，心愿来临
那一天，突然出现你的面前
会是怎样的奇妙？
千万，可不要吓你一跳

2020 年 6 月 5 日

沉　迷

现在，只有茶杯
还要不要咖啡?
瘫软无力，可以躺沙发稳居
支开眼皮来改变世界格局
记忆不够准确也能提神
刺激的夜晚，不需用替身

不同的表现
用古怪装扮奇特
手指忙乱活动，紧睁双目
错误判断，搞不好会惹人发怒
低头翻看满脸是汗，时急时乐
城市突击荒野追车，沙漠欢歌

高温天气的街市
热闹拥挤的繁华地带
彰显气质，大码长袖拿来显瘦

《开心辞典》极致欢乐，全套有售
缤纷上演打造全新无奈
明日强调，往复同样的比赛

虚汗擦拭不断
头晕转动掺杂目眩
忽冷忽热的房间烟气刺鼻
不知不觉浸润懒散的肉皮
独自一人，不会了思念
浑身湿透不是来自锻炼

谁人还能羡慕
此时的华丽时代
头悬梁，低垂眼皮挡住了光芒
锥刺股，麻木腿舞不出轻松绽放
迷恋这般纠缠让人无奈
冷风吹来，酸痛在未来等待

2020 年 6 月 7 日

扳 不 倒

梦里无人追赶
我奔跑得有些奇快
别人一推出了界外
边界无限荒凉，无人测量

梦里我在开疆扩土
惊醒时分我才恍悟
不断撤退我已回步
被一张铁丝网阻住

呼吸中空气有些憋闷
陷入迷惑，浑浊掺杂清苦
依旧行走要划清界限
没捆住的手脚，心被禁锢

月落星斜人影横卧
独自离家伊人牵绊

冷风寒夜一丝也眠
旷野幽深孤鸟相伴

飞扬无界我住银河
我静心静心境安静
明月星河迎接曙光
我惊不惊不理心惊

自由的街头人头攒动
无拘无束谁都不用心慌
人来人往撞得我东倒西歪
像一个扳不倒在摇晃

2020 年 6 月 9 日

一个人的山峰

每个故事都有开头
深藏苦闷表情绝不狰狞
显现平淡猜不出结尾
独自孤单不要流泪
沉默地喝酒，诉说喋喋不休
加速心跳，难掩辛辣的苦
逃离在街头幽深好似峡谷
到一个人的山峰上面
疲倦累到失眠
独往空荡无人打扰
只有云雾在环绕

低头思索迈步走路
忧伤会不会累及无辜
招惹奢望会不会引起失望
瘢痕显露会不会无恙
你要闪躲怎样面对

鼓足勇气却要后退

还是害羞，还是紧张，还是怕受伤

谁给的鼓励没说承诺

又怕再一次坠落

在黑暗中看到了光

攀爬多远才不再心慌

2020 年 6 月 9 日

清晨细雨

夏日北京气温急速升高
天气预报蓝色高温预警
周一热浪扑面，一周持续
空调吹起冷风，屋子倒是凉爽
皮肤湿冷，毛口收缩
像是被什么束缚一般

心理变化身体表现，感应存在
或是言语，或是行动
弄得自己极其不自在
独自要好好思索一下
刻意掩饰，怎样会改变？
静下心去找到答案

竟然没有察觉
不知是什么时候开始
习惯性生活，努力地寻找

日常里忽略了自己
有可能，不是忽略而是忘却存在
自己内心泛起的波澜

表面固定时间久，自己都相信
僵化是不是这样形成？
每个人自己理解
自己事情，自己故事
我的故事，从哪里开始到哪里结束？
不是问题的问题出现

自己给自己画圈很难跳出
圈子外好多人，总会有妖魔鬼怪
飘飘仙子难道也坏
还要不要跳出三界外
敞开大门，交流沟通并不奇怪
隐藏太多，难免产生压抑伤感

热闹就热闹
孤独就孤独
你缺乏的是什么
就需要选择什么
不必担心夜晚长时间不眠
一个人纠结，在梦中孤寂缠绵

今日清晨很早起床

打破日常习惯出门

燥热的天有阴云

打开车窗，清风吹进

不经意抬头望向空中

如毛细雨滴落，温润交融

2020 年 6 月 9 日

分　　享

贫困中成长一无所有的人
不会在意有什么东西丢掉
你从不担心，从不分心
没有任何可以被别人拿走
如果有，那该多好
北方出生只有高山大河
海洋你是没有见过
分享描绘就是如此有限

走出课堂进入人群
来到城市眼花缭乱
你不曾见过，这样的繁华千姿百态
那么多美味诱惑是别人的，你也没有
满足欲望，赚钱辛苦不能忘记思索
饥饿要填饱肚皮，吃饱拥有欢乐
你把美味留给父母
简单思考，一同品尝快乐显现

新奇的事物你分享
身边经过不同的人，绝不雷同
分享你的分享，不理睬你的分享
事项选择这样鲜明？
难道是你自己做错？
扰乱别人的节奏
开始迟钝理解，缓慢体会
给予索取，怎样能够镶嵌？

不要忽视所想，不能忽略内心
不在意自己的人，没人在意
不能理解实现也要明确愿望
你自悟学会了反省
忽视掉混沌，形成独特的性格
过滤眼神观察周围
无视蔑视感受谣言
再理会，平淡平静地向前

那一天，当你第一次见到大海
不知为什么陷入困惑
平复内心迷茫，海浪翻涌
心潮随之狂乱，与谁分享？
不能和从前一样
还会和谁一同感怀？
深入的理解，还有一点肤浅
要不要，先给自己赔礼道歉？

2020 年 6 月 9 日

同一段旅程

背包放在行李架
列车驶出站台，速度加快
回家的心开始平复
窗外城市远留在身后
自由景色不断闪过
车厢内上车时嘈杂，转频低声私语
眯上眼，靠在座位里
独自思绪飞扬，困意袭来
邻座无声，睁开眼身旁的人沉静
窗外夜色连着黑暗
紧闭的嘴有些发干
陌生与陌生，长时间无言邻座
气氛有一点凝固
试探会不会无语应答？
判断灵验在一瞬间，那就开始
第一句问话得到回应，逐渐增多
平静表情，自然观察

礼貌的话柔声细语
放松时间提速加快
伴随列车疾驰，时光匆匆

熟悉的车厢，不同的脸
往复售货车多彩的饮料
不用担心会下迷药
那时，你的心事我的过往
留在相邻的位置上
感应在未来的感觉里
同一段旅程，没经历风吹
分开以后，谁又会想起谁？

2020年6月10日

路过还是留下

我来到陌生的城市，惊慌的开始
我是城市里陌生路人，别人看我也是新奇
不断地注视，眼光各种各样
虔诚的心无法分辨

我怎么会有这般吸引能力
行囊里没有磁石不用猜疑
短暂逃避绝不可能
丰满妩媚的世界让我遇见

我只是去取经，诱惑我不心动
别人羡慕一生的追求，我却要路过
看周围环境不是停留，
保护力度够不够强大？我是真的没有那样简单

未来希望，曾经以为念念不忘的人
可以接受预定，离开这里流泪前往送行

留下回忆沉浸身旁，真的不是滋味
这样感触什么时候开始出现？

既然不肯拥抱，为何不选择逃跑？
俊俏有时也变成咆哮
不能打扰别人乱喊乱叫，睡上一觉就会忘掉
清欲寡欢，我能习惯

今日也没有温暖怀抱，是谁让我心神不宁？
徒儿又在催着赶路
我心纯净惹恼又不会发怒
只说一句，善哉！善哉！

2020 年 6 月 11 日

漂不漂亮

小时候，每次妈妈说我长得丑
不开心地噘嘴，她却笑出了声
不知道为什么，难道不是亲生孩子？
我要使自己变得好看，妈妈就会喜欢

长高的镜子，嘴角含笑甜美俊俏
可是妈妈有时还说，我不够漂亮
究竟是怎样的标准？
听到好多都不相同，只好书中查找答案

不断地翻阅，不间断地苦寻
差距变大，未来还要怎样面对，
暂时不再考虑那个问题，坚定信念
重复修正告诫，困扰担忧不觉中消散

长大在外，迎接面对一切
自信融入人群，我有我的性格

不另类，有些不同要求和责任
迎接承担，遇到各种困难坦然

洋溢自信气质，走路轻松
要求的漂亮，具不具备？
每次见到总是夸耀，漂不漂亮？
这样的问题，已不在脑中出现

2020 年 6 月 12 日

还要不要哭

有人对你说，爱哭的人会长寿
道理你是不明白，之前那么多次忍住不哭
影响好心情，产生的痛苦使人难受
快乐是不是要受到影响？有谁不想长寿？

你受到委屈原因好多，心自知
此时刚刚好又独自你一人
偷偷地哭泣，无声的抽泣
只有眼泪没有鼻涕 ，这样还能不能长寿？

越多付出越有责任，自我约束自律
追求完美事与物，世人看你的要求
不断在升高，缺陷被无限放大
什么样的标准，判断美丑？

习惯的眼睛，宽松却要做选择
别在意那一点的赞美，都不必相互嫉妒

用棒子打你的影子，没有疼痛要不要大哭？

还有，谁喜欢用眼泪来填满自己的宇宙？

2020 年 6 月 16 日

花 瓣 泪

飞驰与你相遇，无意对视
留于感应的车轮，点燃星火已然澎湃
凡尘万物难逃恩怨情愁
如天边的云朵，每一片有一段精彩

静默的无声，悠远悠长亦无常
热闹的火爆，沉静寒冬雪中等待
因为是想感受你，雪花飘舞雪在说
当然关注你的情绪，天空的云下起雨来

温柔的手，那一刻轻抚你的脸颊
眼角流下暖流，浸润心田，余味留唇外
挥洒积聚泪水，雨滴纷纷，融化冰封
花瓣撒落青青草地，点缀着春天的色彩

2020 年 6 月 16 日

不曾离开

另一种方式结束，我离开你
你离开我，进入谁的世界？
离开谁的范围，并不是情非得已
你的眼中我曾来过
我的心间你在这里
有过劳累，却从不曾疲惫

以为可以忘掉，怎能又会想起
我想，你也是这样和我一样
喜欢不能代替，绝不是逼不得已
离不开也能走开
转身想念，平静海面狂浪翻起
难不成，这样的做法不算颓废？

你和我栖息，空旷的街道
传来遥远的歌声，那也是只给一人唱响
过往的回忆固定，导航牵引

时间流过牵绊不下
繁华依旧城市，摇晃的身影
在拥挤的人群，闪躲中前行

2020 年 6 月 21 日

驿站等待

年少轻狂悄然溜走
自我意识规范修正
经历的过往，坚定性格来支撑
太过于逞强误伤自己，割伤别人

那是特定的阶段，勇敢猛冲
踩倒花草，来不及扶起
蜿蜒的路黑夜兼程，一丝光亮就会感动
眼泪盘旋，哭泣强忍

遍体鳞伤无痕，无痛无畏无所谓
不要强加，谁都无法重蹈覆辙
映射挫折折断在前面
醒悟跟随，回想冥思再盘问

转过倔强头颅身后血路一片
静默沉思，路途艰难或顺畅

收获还是付出
心态不同，意志坚韧

自由无惧的行动，剑锋四射
招惹过早，恐伤及周围无辜
以后略显太迟，腰弯背驼话断续
迟钝的双肩难担重任

此时此刻，恰好平静善待
白发不沧桑，皱纹不油腻
浪漫与现实混为一锅
修炼的心，无须蘸料调味

步伐坚定不匆忙
远方依然在脚下，是否要跟上？
迟疑徘徊终清晰，有人一直在等
或许，就在前方下一个驿站

2020 年 6 月 23 日

潇洒地走

无情的精怪，唯独喜欢蜜桃
吃饱喝足苦行修炼成魔
抓耳挠腮，腾云驾雾冲上凌霄
推翻了炼丹火炉横冲直撞
顽劣的本性不忘上蹿下跳
贪吃灵活的手一挥
飘飘美貌仙女固定在身旁
诱惑不住，石心不痒

不惧险阻取真经
金箍勒不断，金刚之躯威猛
铁石心肠谗言灼伤，无意也逃避
远望家园，果花飘香柔情尽显
火眼流泪是酸楚，还是眷恋？
是什么打动万千冰火锤炼之心
片刻安宁难享，怀揣啃过一口的鲜桃
潇洒地走，奔去远方

2020 年 6 月 23 日

回味无限

是否在每一天里？都有平静的不确定
片刻的安宁不知不觉溜过
紧急呼叫的状态，意料来临出现
准备不慌乱，行走却匆忙
不止有单一的你，紧密搭建配合
集聚与晚餐无辜捆绑，不必推谦

场景各显不同，捋顺就开始行动
眼观手勤秩序的到来，混乱消失
重复单调中谱曲，节奏速度自我掌控
争抢呈现展示，优雅指挥棒持续挥舞
低音伴轻咳，高亢连声回荡
离开舞台注目，遮蔽住笑颜落泪相见

继续上演，中场休息时间待定
热情烘烤面前，无欢呼掌声太阳做证
汗流浃背肯定了精彩

风停树梢寂寞，不再孤独地吹
星光线月相伴，你不孤单
飞虫蚊绕亦无奈，酸馊护体如何与你亲密无间？

寂静婆娑树影挥舞相送
疲倦憔悴相随无畏无忧
歌声悄然响起深夜勿扰
低声吟唱，欢快与你做伴
今日阳光依旧灿烂，非同昨日
昨日情景已成过往，回味无限

2020 年 6 月 28 日

让风吹孤单的你

风有何不同，你又为何着迷？
是风难以捉摸，还是你喜欢像云一样飘荡？
那有什么不一样？
谁人会发现，看你的眼光发呆
纷飞的落叶卷起落下，夹杂雪花翻腾
你追随脚步，在风影中迷恋
那是你的快乐，无须分享，衷情等待
风不再寂寞，吹孤单的你一同飞舞
花开花落花满天，云聚云散云无泪
独自一人，心思念云天外
幻化凡尘雨，为你弹奏忧思永恒
一曲新歌来

2020 年 6 月 28 日

寂寞高度

故事蓄势发生
拔地快速而去
脱离了地心的引力
冲破阻挡直上云霄
人们惊呼的高度
一生的追求
终未必能够到达
不理解分析却无限

崩解后脱落
下坠如蹦极失重的心
只能自知
那是什么样的过程
不去理会耀眼的瞬间
不留意说假的谣言
无人能够品味积蓄与沉淀
真心相吸共奉献

飞向了无垠
听不见闲言
孤单的寂寞高度
独自旋转不在乎羡慕
盼念相聚谁能赶赴
牵绊的眼睛
投向大地俯瞰
倾心凝望依然相见

铭记的誓言不会腐烂
划过的流星与你相望
祝贺欢颜的酒席旁
欢闹的泪水转头滴落
柔音嘱咐已经遥远
不变的永恒
希望以后不再哭泣
坦途前方再无艰险

2020 年 6 月 30 日

混沌思绪

抬头望去窗外，昨夜梦境浮现
树枝摇晃，是风来了吗？
还有些模糊，此刻呆傻分不清
哪些是精心设计的场面

固定的影像，每日转头重复
熟悉不能再熟悉，却说不清模样
一天，同事小孩跑进来
顿悟产生新的理念

那个铁塔是什么？
还未应答，稚嫩好奇问题
新鲜惊喜连续迸发
强化记忆，不知会记得多少年？

世界只有一个
为什么都在说，不同的世界

而且每个人还都有
花草与树木相伴，落叶泥土终会相恋

相同的视线，变换了角度
相吸相似不能靠近
现实梦境混在一起
要深入去想，不必闪躲害怕改变

惯性麻木紧急刹车，容易受伤
疲惫脆弱，充实填入泡沫浮出
争抢拥挤，所谓思绪混沌
不过是脑中几个念头，同时出现

2020 年 7 月 1 日

叛　逆

一件小事将导火索引燃
强调的瞬间，不愉快聚集酝酿
突然的咆哮不能说明，事物本质
积蓄爆发带来怒吼
争论辩驳略显苍白
不能完全理解内涵，粗暴简单的说明
一争吵，却发现气势犹如当年
转瞬空明怒火平息消失

瞬间发觉你长大
限制身旁的空间，是否过于狭小？
不利于生长，可以借鉴
成熟的标记倒是并非如此
形成控制欲，是否是自私的表现？
商榷完善随后释然
无畏揭开，伤疤烙印不在痂下
血浓亲情的心，慌乱中显示

我曾经年少勇敢，无畏的生长
遍体不见伤痕，胸中盛满慈爱
反驳有温情赞许，唯恐内心留下遗憾
双眼落泪，不为无知的冲撞
想紧拉温暖的手，再无法攥紧
回想谆教已渐远
远去的心无悔
寂寥的酸楚，伤感如何消逝？

胸有大志呈现，身披铿锵战服
虎胆无惧孤单威武，幡然醒悟平淡无味
夏日清凉孕酷热，青草秋黄藏苦涩
昨日今日成昔日，吸气吸吮望吸收
心静无须打坐，烦躁仍会发作
血脉相传怎容中毒？选择发扬让你出发
豁然释怀适可而止
唯愿，此后再无战事

2020 年 7 月 2 日

幽默故事

雨不寂寞有风陪伴，风不孤单有雨相随
谁料风雨交加，是凄惨
无凄凉，相拥还是浪漫
断瓦残壁吱嘎木门
瑟瑟发抖身体，仰望乌云黑暗
屋内屋外心凉体颤，感受不尽相携互视

雪不寒冷霜星覆盖
谁触严寒流无忧泪，落地冰凌层积
刀割无衣遮漏处，是悲惨
勿悲愤，产生奇思妙想
待霜消冰融，酷热准来到
狂呼消暑消毒，无常忘怀自古时

反差明显难度思量
亦如此，何必在意心忧虑
事事有难理性选择

知难而退，不为不勇敢

给你一个宽容，送自己无限宽厚

不是自然发生，这是幽默故事

2020 年 7 月 3 日

突然记起的日子

天不阴不晴，雨不下滴沥
醒的有些早翻身睡去
场面乱象一点离奇
集聚无意的念头话语
混合揉捏，用力挤压制造
其中不无精彩，不无创新
连续的开发无缝接壤，填塞紧张的大脑
睁开眼抿着嘴角，流满了口水散发异味

现实虚幻继续连贯
突然记起的日子，是父亲的祭日
不是所有都会被记得，都会陷入安静沉思
不刻意悲哀难过，眼泪没有跟随
这样的你，能够更加沉寂
清晰地想起，消散的点滴
聚拢成疾不与谁分享
酸甜互混，难有的滋味

不知道今日下午
多云的天空会不会下雨
闷热的夏天，吃着发霉的虾条
污染达到了重度，勤洗手能够解毒
做梦，梦到孤岛
开车行驶在古道，预示着什么？
高楼云雾好似仙都，平淡加盐就有深度？
切莫，胡乱猜忌让人自危

2020 年 7 月 3 日

轮　回

满足多少个条件？才能发现隐蔽的巧合
迟钝麻木懒理睬，点滴不在意
自顾玩耍，如此忽略怎能遇到？
独闲一边在游戏

思维缜密定有不尽同
犀利理性分享快乐与忧伤
感触含动容，虽不能完全同悲同喜
酸楚伤悲落泪，心灵陪伴亦沉寂

快速跟不上起伏，不必费力讨好
特色，自己不变的情怀
迎接万千变化，或许幸运
与人相见识情浓厚，不放弃

今日恰巧如同那日
周末晴朗天空通透

随意抬眼远望，相似景象恍惚重现
唯此处生情，叮咛绕耳心灵通犀

时过境迁五载，身处千里之外
孤霞云落忧伤袭来
追寻向往生活，不受停顿回顾影响
压抑不住怀念的尘封开启

一个人离去，死亡是怎样定义？
呼吸停跳灵魂飘荡
发扬精神光芒，血脉流淌继承再传承
这要明确，清晰牢记

自己给的激励，是你曾经的愿望无限延续
也曾原谅无知过往
给一个安慰，两隔虽不能相望
不觉你离去，梦里哭泣

最后怀念你的人记忆停滞
我想，那时你已轮回在人世

2020 年 7 月 5 日

注：今天是父亲的祭日。

光阴故事

列车驶出车站大雨倾盆
相送的人跑出站
彩虹，挂在天边
此时近傍晚街上人稀少
安静地走在树下
只听到脚步的声音

活在当下也是正确
多数人选择把握表现
过往的苦乐铸造
沉淀成就坚实的路
现只剩你一人
走在上面轻唱低吟

是否踏实无人知晓
曾经风雨无法预料
泥泞的道路跌倒

骇人听闻传言害人
火焰又点燃黑暗
寻不到根本的原因

不独自讲话
低头不语遐想
什么念头导致了心悸
恐惧袭来活动僵硬
四肢收紧不由掌控
冒出虚伪话语安慰自矜

周末清晨行走的路人
无意中觉察
雨后的树更显绿色
依恋的心一丝苦涩
不动的姿势失去意识
融合一起，回忆光阴

2020 年 7 月 6 日

凡响降临

闻讯兄长得子，虽有预料还是心欢
身处其外同笑颜，开怀喜上眉
新生命降临，血源关联感怀不同凡响

怀胎十月，经历过程言无限
不用讲故事从头谈起，蕴藏确定收获
贺喜有缘成眷，相恋波澜微波荡漾

平凡日子，相惜纯情如宾有余
悉心绿叶相衬鲜花，相持浪漫
柔情蜜意，汇聚滋润酝酿浓浆

希望悄然孕育，崭新事业赶来相伴
新面貌，新责任，新生活
期待亦是等待，情真意切共同担当

缜密思量周全，不如耐心出行

心静入《心经》，不迷信更不窃喜
用事实为证的运气，虽无奈无须逞强

新时代产生新理念，培养耐心
静身养心，期待花蕾开放
悠然轻快行动，手拉手一起飞翔

恰逢盛世年代，遂了心愿
捧托花朵不舍放下，抱入怀中搂
此役金榜不争锋，未来时日登榜首

2020年7月8日

门里的故事

进入提速时代，无限高度
奔跑不息的脚步
重复往复，成习惯冲撞
转弯绝尘，眨眼影无踪
缓慢让人唾弃，悠闲毫无志气
不知究竟为哪般？

贫苦岁月抹不掉向往
虔诚的渴望，吃饱肚皮会满足
想象来临面前
污染污秽相互融合
美好的生活难分清，原是如此？
不让，不行，是新的困惑新牵绊

饥饿思念食物，吃饱又挑拣厌食
营养不良性肥胖，该怎样调理？
无痛的身难受

清洁与浑浊，相吸搅拌混起
自然景观重建，改观为自然
何必何苦顾盼？

当初不停奋发，把头抬起
原点在前，成为新的目标
行走毒雾霾瘴，优雅地呼吸吐气
五脏的抗体，迈步拔腿险些折断
欲哭，思索终会反省
迟钝反悟些许，不算缓慢

理念理解尚需过程
终点原点同是一点
天地轮回，要看你的心情
时日出行，街宽人稀座位长
启程不疾，路线延续延长
沿途静心，景色映眼发出感叹

乡间小站安然停靠
墙外树荫，掩映灰瓦斑驳
青黄画壁，陈旧木门铜锁紧闭
门旁斜靠竹扫把，带回过往年代
我心又排队，等待刷卡进入
我总是觉得，那扇木门里有故事

2020 年 7 月 9 日

牢固根基

阴雨连绵雷电闪亮，潮湿应景凄凉
绿树山石沿坡滚落，自然灾祸难料
庇护漏顶斜风吹眼，浸泡漫溢堤断
牵拉弱身平安相助，身其内知心苦
近水思命得命思财，身其外妄狂语
理睬内心平衡停息，评论而已感叹无期

失去浮华有趣心灵，修身端正自省
消散火花悸动好奇，培养成熟心智
映射感触额外余力，分清波动波澜
若比较寻见点与面，忧伤牵引牵绊
影踪暴露修复缺点，原谅自我疯癫
山水滑落残缺画面，屹立坍塌分开勿念

清澈混浊画线明晰，同在河中流淌
瞬间命运确定永恒，跌落大于失落
沉入水底阻塞污泥，拥堵覆盖冲洗

雨季过后进入秋季，采摘沉淀果实

落叶惨枝腐败发酵，提供来年养料

无须强辩洪流残酷，瘫软根基硬化牢固

2020 年 7 月 13 日

独自心跳

夏夜季雨骤停，微凉的风吹
薄云飘散，明亮月光洒下
路旁水珠汇聚，漫过桥面跳动
波光跃入河中，随浪花奔流
怅然所思，如是迷失自我影踪
依然无畏前行，无尽开怀

马路上汽车疾驶，卷起水雾
潮湿弥漫，温润飘在空中
闲聊开怀的笑声，散步柔和的路灯下
回荡在孤独行走的耳畔
沉思过往，分不清
是感怀忧伤，还是回忆甜蜜？

擦肩而过的眼睛深邃
像在诉说难以忘却的故事
坚实地落下，摇摆的脚步

回首不见，带走一丝凉意
推开紧闭的门，霓虹灯闪烁
震耳动感疯狂，挥舞的手臂拥挤

隐约角落，倾倒的酒杯
空荡的酒瓶
等待离去归来的沉醉
转角楼道的深夜，又下起了雨
阴暗不见一丝光亮
只听见雨声，和一个心跳的声音

2020 年 7 月 13 日

无　憾

安排的假定，机遇相邻不是巧合？
独特相融优雅，宽闲暗藏内涵
举手道来，撩拨低垂的头发
眼珠轻盈灵动，尽显新颖的蕴含

矜持非冷非傲，相处挑逗幽默含笑
排斥光环，任由退避不理心歪邪念
陌生无拘谨，不变言笑移开
行走引来旁目，注视不失悸动勇敢

同道人，手牵手实力不容小觑
怦然难料实属意外，相知往来平坦
装模作样理睬，自成体系厌恶肤浅
行走江湖，审视明眼相携街市辗转

轻快空明愉悦，伸展欢快跳跃
自我修行，坚持换取真经信念

既往不曾少年悔，明确观点何必难堪？

未来亦不老年叹，即使梦中醒悟也无憾

2020 年 7 月 15 日

设　想

眼中的角落填满了回忆
惨淡的苦笑，多少有些诡异
卷曲无忧在家的归子
落满灰尘崭新的柜子
杂乱的抽屉失落的悔意
何处是尽头，何处归依？

幽暗的房间，晴朗的天
今日不再有新奇的提案
屏幕里弥漫着战火硝烟
吸引发呆的眼睛不见笑颜
烽火狼烟疯狂在厮杀
相互搏斗逃窜，脚踢手掐

血腥的场面太刺眼
身临其境的代入没有必要
调低掉吵闹的声音

听清楚痛苦的呻吟
随同翻开你的记忆尘封
恐怖的巨人，跳出神灯

抓紧时间许下心愿
阶段性落寞是何因缘
忧郁伸展成就了笑容
奔劳的往返，让冰峰消融
登高在传导，映射出愉悦
轻快地交换场地续约

千里传递有祝福的音信
无线的鼓励，鼓舞欢心
窗外阳光，折射耀眼
恰巧，精彩的剧情就此演完
放松的神经品味去回想
不记得谁，失败举手归降

沉寂在自己忘情的世界
播种希望怎能错过时节
未来无悔需要谨慎选择
荒唐的反面教材也有原则
脑中的空白，沉淀填充消灭删除
设想，会不会有遗憾或是酸楚

2020 年 7 月 16 日

远去的绿色帆布兜

小时候，山村土路上
一辆绿色的自行车
载着绿色的帆布兜
绿色衣服的骑车人
打着招呼，在面前经过
那绿色的兜子里
带来，无尽牵绊的等待
秘密要一封一封地诉说

翻开的画报墨味香浓
深吸一口，浸入心肺
有的时候也来不及招呼
急切的大汗，匆忙而过
不知道，带去的
是欢笑还是哀愁
那时的悠长故事
跟着绿色的帆布兜一同远去

是什么时候？迟缓被急速代替
简单的文字开始，到无所不及
相忘江湖的相争宿敌
尘封遗落的封条，已被取缔
快马一鞭的荔枝，不见飞奔的马蹄
快递小哥，在小巷角落无所不至
无限延伸，无线联络的速递
改变习惯，新的生活被传递

曾经，失败跌倒记不起
是一次还是屡次
依然往来，不见绿色的帆布兜
携手谱写新的篇章
舒展笑容的脸不再苦等
最初的愿望，一路绿灯
飘起的浮尘，飞花终会落地
迎接未来辉煌，要用红毡铺地

那个远去的绿色帆布兜
陈列在展览馆，成为一段记忆

2020 年 7 月 17 日

绵　延

舍不得离开，眯缝的眼显现笑颜
哈欠伴随，深夜袭来
接连而至的困意，不肯关闭的眼皮
被频繁的冲击考验

平卧床沿，不忍睡去
这是多么的眷恋
掺杂的方言，听不明白没有怨言
更新变换的场景，上演不断纷争斗艳

明暗交替有些刺眼
肚皮咕隆的提醒，今夜忘记晚宴
转身离开寻觅，一口水
还没下咽，急不可耐地盼望相见

就要腻得专注是偏好的纠缠
不在别人眼中出现

忧伤和喜悦随之动容
难道所有钟情的人，都是如此钻研？

云烟眼前流过怎容错过
洁净的世界里
孤独的仙子，拥有美丽的容颜
她留恋尘世的炊烟

重影又现，困倦讨厌
转动僵硬姿势不断干涩眨眼
迅速休眠，哪顾及汗颜
恩怨情愁的故事，被你带走梦里绵延

2020 年 7 月 19 日

情有所依

下意识忘记不是本意，找出理由安抚别人的不开心
借口伤心更像是安慰自己，愧疚表达出来的是歉意
对待亲人用常规心态，感情情感牵绊才会产生在意
不是这样？那是问题产生分歧，或者是你自身有疑义

事件区别又联系的意义，多么的矛盾客观事物
不绝对脱离理由有何意？影响干系不相同的含义
说时糊涂方向发生偏移，再一次增加的说辞
浏览表面文章得到内涵，实质要仔细分析歧义

追究是何缘由？快速阅读需要缓慢的理解
速度离奇追寻过程刺激，那顾及深思的写意
这样系列剧一个主题，不为经历肤浅照旧创意
性情尚需挖掘深度，简单布局嘴角显露得意

羡慕跟风山的顶峰，出题拷问自己回归本质
冷静反省接受建议，不必每天都如此怪异

需要多久才能酝酿？积累分段沉淀我怎么能忘记？
忽然的想法存感恩谢意，浪漫是否亦如诗篇优异？

完全忽略有谁真意？冒出提议肯定答案也错误
千人脑中只你具备条件，假设结论怎么能够满意？
知道你的担忧担心在哪里，欢愉的事情可以平和暂放
纠正捋顺特定的难过不能迟疑，持续排除疑惑认真回忆

回归回到哪里？回归回到那里
重启原点选择设定
自私也罢，处理故障用最好方法
所具情怀只为你一人，平复敬意

特定日期特定理解，那个时候内心失意
隐晦含蓄的微妙，超过直接表达的诚意
沉闷不聊，即刻忘记
失望荡然，倾心所依

2020 年 7 月 23 日

论　道

夜晚独冥星空
穿越古今长廊
碧波海浪随风起伏
学士伫立船头
挥洒清风掠过锦衣
满腹学识袖带飘逸

跨越时空的明镜
映现千古悬案高堂
明辨世俗淡泊阶登
屹立不阿形象轮廓
碾碎细微的奇异
循环推论最后的决议

越海漂洋凌厉的风
远播角落的尽头
江湖街头，杂耍卖艺

传送多条线路
恣意轻微的震动
产生了无妄的歧义

捕捉虚幻编译
收益劳顿伤神
寻求的刺激怪异
引起了局部头痛
还需烦劳深宫的太医
嘴歪断续说明来意

故意的污蔑
安慰自身的无能
创意的谣言
满足自己的卑微
施法注入善良本意
防治还需预防免疫

苦修有道为正义
顽固外移下定义
自古辩论争不休
远敬衣冒近敬财
怎比智慧加才华外溢
幽默编织的华丽外衣

2020 年 7 月 23 日

战斗狼烟

谁疯狂地跑，卷带着风
泛起的黄沙迷眼
摸索寻不清方向
滑落低谷悬崖，因害怕紧闭双眼

山坳独居，散淡目光寂寥渐失威严
窝中安稳，云雾沉闷灰暗，何日散尽？
那一日，远方的天边往复重现
红霞云烟，光芒闪烁明亮刺眼

夏日天降大雨，飞舞的雨燕
弱小精灵，挣脱暴雨的围困
穿梭疾风放飞争艳
倦息栖身独善自怜，是否令人生厌？

我向往自由，即使上天作弄
残破四壁消耗热量，开拓播种

不再拖延，茅草屋的烟囱
倔强中冒出青烟

意志尚存，觉醒不问何处
溪水清凉，落叶飘摇
随浪花流远，谁又在乎？
土墙灰瓦破旧的床沿

遥远碎语不再温柔
我要号叫地喊，把双耳震聋
谨记警示的预言，汗水滴落
冲刷浮华，仅存留沉淀的经验

诱惑的美味，平淡会变腐败
苍白上色，调味牢记加盐
积攒坠落的果实
拾起残枝断根，点燃青草野火蔓延

我已经忘记，什么叫作恐惧
顾不上去看谁的白眼
升腾的火焰照亮河岸
浓烟直上云霄，那是奋发崛起的狼烟

2020 年 7 月 27 日

不再随意

不需伤心也可抛弃，不再相同
只是如今，无意的挥洒中断连贯
再见，那些挥手而去的丢弃
在这个夏季来临时到期

临街的转角，别样的花色伫立
以后的日子，剪断，缠绕整齐地放弃
这样的故事从新延续
不再引来，目光奇异

我听见使命的召唤
感受未来的回忆
用心描绘，清新美好的画面
向往盛开的花季，痛快地自由地呼吸

无尽积累，持续的无谓抛弃
浑浊烟雾，呛红眼睛难过流泪

觉醒时愣得发呆，这是曾经的不应该
谁还需要方便的随意？

相约欢快，带给无尽的轻松
只需付出的一点费力
我乐享参与在其中，心有余悸
过去的灰霾，还是依然会牢记

分开杂乱混合，重生相聚
翻开潮流，展示欢欣笑颜本意
携手改变，趋势已来到现在
天空蔚蓝留在家园，畅想惬意

2020 年 7 月 31 日

胆 小 鬼

街上一个胆小的人
黑暗的夜路灯明亮
地上的影子突然地消失
转回头，还是不见

惊吓地抬腿无力奔跑
影子又出现紧随身后
张牙舞爪就要撵来
慌张躲藏角落的墙边

甩丢，不见了影子
惶恐的心平息片刻
调皮跳出黑暗
消失的影子反复出现

离家已经太久
想家的心灵会变幼小

低声诉说委屈
善良的孩子舒展笑颜

自娱自乐地玩耍
时刻渴望被爱的关注
白日忙碌掩盖
夜晚独行，寂寞伤感

空旷操场绿色的草坪
同样心跳，是不一样的跟随
拥有了小矮人的陪伴
这时，不再需要孤独的期盼

2020 年 7 月 31 日

不再丢弃

你的随性，我的随便
这个夏季来临到期
街边的转角，伫立别样花色
蔚蓝在心中
挥洒了断，为轻松设定记忆
曾经，闯进烟霾方向迷失
停止纷乱掺杂，没那么费力
行动描绘，现在你该在意
目光画面清新，怕什么奇异

相送轻快面对，选择分配清晰
我参与其中，填充要不留间隙
不要为了方便而随意
听见使命召唤，生存要更具意义
不忽略已经牢记，不挥手抛出丢弃
曾经，那一幕我心有余悸
眼睛不再落泪，留下回忆

付一点努力，自由呼吸

携手奉献，我们创造花季

未来蔚蓝的天空，唱响惬意

2020 年 8 月 1 日

脚　步

你在那一年的今日
勇敢地迈出了第一步
回望九十三载艰难历程
走过来的每一步
都留下深刻的脚印
留下了，无数的经典

推翻压迫的炮火点燃
穿越黑暗弥漫的硝烟
你追寻崛起的背后
饱含着沧桑的悲壮
曾经，偏执顽固地阻挠
在歧途中寻觅方向

山村，土路窑洞旁
稳健沉思的散步人
坚毅凝视思索

不懈地努力，执着地追求
果断地决策
扭转了羁绊的障碍

白色笼罩的屋外
逡巡的鞋跟敲打地面
深夜声响，阴森恐怖
怕什么镣铐冰冷
你不屈，昂起头
慢慢在阴暗房间里挪动

钢铁车轮洪流涌动
春天，已然来临
伴随共和国成长
你的脚步，更加威武雄壮
朝着既定的目标
艰苦奋发扎实而坚定

稚嫩蹒跚地学步
跨入世界的梦想
加快的步伐引起瞩目
屏住气亦成为世人关注
铿锵铸就，伟大的脚步声
已经倾耳可闻

2020 年 8 月 1 日

别样情怀

吃饱放大品鉴，回味俱佳
刻意感受，你与谁人同坐
表示关心，标识关注
你是否真的在意？

放浪评判，不同的爱好
是否合乎心意
开心娱乐自己，相同的目光
辨别字迹写明敬意

偶遇慧色，独具异样羡慕
汇聚凝神眼光
凡俗之人，逃不过世俗指点
我是理解，决不异议

掌握迷津哲理，调整焦距
告诫沉默的嘴巴

审视平面的立体，折射线条斑斓
虚幻闪耀，旋转飘逸

平心落座相对
你看的人看你，会心微笑
强加喜欢，违背设防的规律
再去感怀别样的情意

对得起信任，跑步就是为了减肥
信誓不比行动，自我认识叫自谦
谁说的？我不爱学习
理解不了更深的含义

2020 年 8 月 3 日

影像医生

无名未知的快速，穿透躯体影迹留痕
冲刺衰退被截获，固定在空间里密封
折射分解消散，飘荡无息怎能觉察？
重复节奏震荡的响音，稳坐其间带不出颤动

透明阻隔的玻璃，有一双凝视的眼睛
分段捕捉，细笔描绘泼墨逐浪
一点一面一层在你的脑中连贯
汇聚有形的塑造，留存成为永恒的影像

重叠折返处掩盖，引起苦痛的根源
总是深藏交织浸润，潜伏在隐约边际的接壤
穿透的根系，分不清的缠绕脉络
那时，独具的慧眼挑拣脑海中的浮萍

翻阅每一幅真迹，不落下，去发现
污点的威胁，寻觅甄别加以鉴定

沿着线路放射，勾勒跳跃的立体

转瞬之间，辨析印留，每一片有一篇的说明

2020 年 8 月 7 日

国际标准

符合常规强加要求，看到就要指点
有时达不到标准，制造矛盾好似故意行为
控制不住讨厌的情绪
分歧的理念容易产生

烦乱的状态，怎么能够顺畅情绪？
脑中时常假设
先不用着急，你也早晚能够体会
固定位置观察移动
保持完美的微笑，抽动嘴角被淘汰
收拾行李离开后清静
整理整齐的心房，停顿一秒想起事来
镜中反射着挑剔的目光

消掉了棱角不会执念成长
难道需高温熔化，重新进行塑造
既往就曾给予赞美

为何临近却不能相容？

总是不清楚，记忆出现了问题
反复去揣摩
刺耳言语和行动混合，也许会加剧相斥
更新距离，再次进行验证

孤单具有孤胆
既然已经开始融入，为何挑拣要独善其外？
应该再去制定，约束标准的标准
然后应该全面执行

我也开始尝试按照国际的规矩
站着或是走着，坐着或是睡着
即使有人在耳旁大声地喊
而我，只会睁开一只眼睛

2020 年 8 月 11 日

来 日 再 会

莫名混乱患激惹
如高手武功尽失
久违暴雨忽降，浇灭心焦的等待
淋湿我头发，沉重的脑袋被冲洗

别再胡乱揣摩，用力抬头看天
黑夜的天空乌云密布
远处电光断续频闪，瞬间轰隆
震耳激灵一动，跟随喘息

雨水流过我的脸颊滴落
水花相携僵硬的水泥路面
期待已久才至到来，流入沟河
虽怕你无序无休，此刻却眷恋不已

清凉扑面相遇是暂时的贴合
最初矛盾纠结，用一层薄膜加以隔离

转换现实的融洽

最后在此抖落抛弃

连绵孤注就成疾，久矣恐难抵一掷

各有要事端茶挥手

改日分散再来相聚

希望那时，彼此好心情无脾气

2020 年 8 月 12 日

不在梦中悔恨

初秋雨夜疾风，拍击紧闭的窗
室内闷热细汗包围
半睡迷醒，不知何时
伸腿挪身辗转

起身静耳细听
现不闻如注狂暴
风消雨稳，推开紧闭的窗
凉风旋入来，潮闷随后散

倦乏困意平躺不知是沉卧
幻梦离奇编排，情景有序清楚
潜在心虚的恐惧
片刻狡黠逃避去安神

窃喜返回，意外描述着委屈
唯诺胆空，竟藏心底

虽为虚无一梦，延迟现实迁怒
怎可原谅无为的悔恨？

泛起无妄自责
压制波动起伏的情绪
回忆描述转头望向窗外
黑夜渐去，微亮透过缝隙一闪

奇异再次焊接中断的情景
膨胀蔑视，得意现身
意坚定，无犹豫，冲击向前
干脆了断，怨悔荡然释然

睁眼关闭梦境无拖拽
肺清心爽，压迫的手臂酸麻
海阔包容混浑，锋芒迟钝
平消清澈愧疚，醒悟了断

清晨略感咽痛
我想与受凉有关
暴雨之时闭关，如上天修炼
碧空白云，今日有清风翻卷

2020 年 8 月 13 日

整理心绪

争辩，顾忌礼貌
讲的理念很是热闹
不慎进入状态
混杂短暂喊叫
导致糊涂的思绪
引起不自主的抽搐

回想小的时候
莫名兴奋捉弄大脑
母亲总会让我安静
哼唱小曲
轻抚我的项背
睡着的梦里冷静又清醒

那时的冬季很冷
如今，不冷还叫冬天
修改不了称呼

沿用生根的伎俩
比对出崭新的结论
自然有高低冷热区分

懂得珍惜的脚步
追逐人间沧桑
一如从前繁茂
不逃避，具体的烦恼
趁着天气晴朗
整理心绪和出发的行囊

2020 年 8 月 16 日

传　　记

天闷头蒙捏造陈旧新奇
停顿忙乎别着急编辑
必要时调整休息
接下来，连续的事件特点少有稀奇
忍住喷薄临界不怒
血脉联络，需要强制指点迷路

戒备无为的状态
中午醒来斜靠墙壁
懒散满格为另类无赖
近眼不看忧心无奈
挑选衣物穿休闲随意
破洞露肉丢人决不丢弃

傍晚还在深究生存大计
想好自我完美的去处，离别出发
设定线路简单，转弯时碰见复杂

夸大微妙的不满，转嫁膨胀
挥洒态度加偏执的傲气
全力营造单一的理由，自闭泄气

讲几个故事突出重点
真的面目客观不适
天气多云酷热转凉
回避不了清醒头脑
随性时光攒足再去攻关
抓紧时机，混入混沌再次闭关

黑夜高空坠落馅饼
别人醉酒麻痹切断神经
我醉清醒闻到一丝肉香
扩音器悄悄告诉想你
有个玩笑的挑逗
没有吃饱还略显不够

删除去伪饥饿塑形减肥
涨水汛期
逃命才不荒谬
专注潜游划过险阻激流
手脚并用闭嘴憋气
上岸挺立书写你的传记

谁喜欢就读

不喜欢忽略

要是帮忙找到几处错别字

再作奖励

结伴咧嘴傻笑不见白齿

这样那时，你再得意

2020 年 8 月 20 日

信　号　灯

吹丢了风帆的桅杆，狂浪逐波
深陷眼窝干涸裂纹，热烈不减
仰面望日，高温计算灼伤的创面
曾经欲望丰满
胀痛的翅膀飞过云烟
锁定成功的门，在海洋深处虚掩

水中漫延迷幻的眼神，泪流分不清
显露窘态，如今无处争艳
博取自我欢心，对着脑中的火焰
许下的愿望还能不能灵验？

连天水雾夜色昏茫
信号灯隐现
无力的手挥动，丢掉难堪的被动
瘫软眨眼，漂向岸的边沿
逃离顾不了传言，爬过围栏
站起身，记起那被风吹落的誓言

2020 年 8 月 20 日

再唱一曲《格桑花》

好久和好酒没有相聚，我的兄弟
去年《格桑花》的欢快，还在我的脑中盘踞
来到这个秋季，晴朗的小院安静祥和
是谁种下的树？硕果满枝
弯腰迎接在此团聚
割舍不掉，山远水长的情谊
现实已转换，你我不变如初识的酒
故友依然在欢笑

久违的惬意有你添增，溢满酒杯再一杯
陈酒醇香，熏不醉孩子嬉闹高声
宾主盛意佳人陪伴，无忧一曲《格桑花》
幸福之歌唱起来

2020 年 8 月 22 日

和平世界

怒火分散满天星，眼底清纯望晴空
展现万般情形
我是这样想，你要那样做
有花开，又花落
结果不息正在进行
度思量择取断章，执着一线紧捉住
折返现原形，应该控制庆幸

消磨后撤，何时签妥协合约？
吐气干脆，刺穿伤处痛点清醒
我要那样做，你要这样想
鲜花艳，残花枯，这可不是灵感预料的警醒
世界共存选择方式，搅和走火交叉开战
灵魂惊醒，心存敬畏方有所止
坦途步履轻盈，平行的世界才和平

2020 年 8 月 23 日

耳　塞　机

窗外飞驰，拖拽倾斜的景色
摇晃着单只的耳塞，在我右耳边沿
低吟萦绕的心事，沧桑孤独传递

微闭着眼，飘浮的心情
节律随波脑中起伏
嘈杂的空间，冥想无限清晰

你来到我身旁
拾起另一条垂下的线，放你的左耳
悠然的歌声，轻柔地响起

对视的眼神，相伴的音乐耳机不再孤单
异样的怦然，相同的心跳
我当时想以后会写给你

那时的韵律美妙悠扬，我太过专注

却忽略忘记了词

现在，只能慢慢地回忆

2020 年 8 月 24 日

山村记忆

远古智慧农时节令，千百年继承
小时候窗外，记忆的小雨淅沥不停
田边小溪，青青的小草长高了寸许
远处塑料雨衣，弯腰劳作不息

炙热夏季，河面孩童打闹嬉戏
低垂摇柳岸旁，挤满鸭鹅惊慌拍翅
山林树密丰茂，牛羊甩起尾巴
扑扇着耳朵，挑拣嫩草悠闲地吃饱

路旁阶梯田地，河岸的两侧
村庄满眼金黄围绕，沉甸甸稻谷颗粒
疲劳随汗滴落，起早贪黑收割的人
带来乐上眉梢，最满足的收获

漫舞飞雪，屋内火炕微醺盘坐
娃孩儿通红笑脸，刻画年画的喜悦

屋顶白毡，黄昏烟囱升腾如诗的炊烟
母亲的召唤，撒欢的跑闹又回荡笼罩

路上的雪紧实的冰面，不时有人滑过
畸形墨镜遮挡，雪人也不惧光芒刺眼
涂抹眉梢的霜花，连接皮帽上的冰凌
高声爽朗，穿透寒冷叫卖着糖葫芦

今时播种收割无季，晴雨不同变通
萧瑟枯枝老榆树，村头说笑去向了哪里?
寂静山野冰冷水泥路，延伸异乡的城市
超市熙攘，排队抢购过去的那些记忆

2020 年 8 月 25 日

奔跑带来美好

野性冲出，极端表现
奔跑带起了风，草飞树摇
叶片翻转映像灰白，远处身影不见
失散呼叫沙哑，音衰无应
低下头自顾自理
该怎么走，还要怎么走

惊恐经过，过程体会深刻
悠闲期盼的目的
艰险路途，靠本能记得
经历有时不是重点
排解困难带给的顾虑
好的办法就是，预想未来

极速奔跑，及时修正方向
别人眼中精彩的瞬间，带给你希望的未来
即使糟糕，也是完美的糟糕

判断野蛮的雨季

熬过干旱，草地满是积水

干枯的小草，就要开出茂盛的花朵

2020 年 8 月 25 日

啼哭的幸福

起初生命的相遇
牵手刻画美好的凝望
深深爱人心
经得起急骤的风雨
你守候的目光坚毅，带给希望
平复起伏的慌乱，均匀地喘息

我门外的徘徊
看不到你围绕身旁的爱
剪短的期待，剪断了脐带
在你的怀中安然
一丝痕迹显露埋伏
暗藏的凶险，被你惊艳地驯服

穿梭不见脚步的匆忙
又走过一段
跌宕波澜

我如山的肩膀，应有的重任
是你将未来传递给我
热泪涌出滑落脸庞

流出汗水的额头，疲惫的含笑
温暖我曾经脆弱的心头
牵挂的一生一世
就这样，从你的手中开始
孩子的啼哭，世界的欢笑
生命的序幕，已注定了幸福

2020 年 8 月 27 日

秋日的约定

蜷缩夏日的长椅，做属于自己真实的梦
牵手灯火的晚会，看不见真容涂抹描绘
痴情迷离的眼睛，睁不开
不醒来，我不愿后悔
身上的礼服华贵
备注心底微妙的惭愧
失落的心，坠落的谎言
我浪迹天涯，掩饰无悔

不惧怕踉跄徘徊
爬也起来，摇晃也走
我不做流浪的酒鬼，我只是昨夜贪杯的醉鬼
不再作弄残存的羞愧
翻身站起，约定天亮的光辉
一同走向秋日的相会

2020 年 8 月 29 日

理 性 思 考

好久的沉寂时间，冒出念头
偏差想法，在有意和无意之间
停在脑海反复纠结
有一个，急不可耐的兴致
无数个既定的思路，随后挥不去
设想焦急线路，不完成之前保持矜持

远途归来的行李，没做休整
匆忙轻松，平和性情飞驰
大路高速顺畅，转弯绕了几个
到达有些提前，保持态度绝对尽职
趁着新奇正浓，拘谨不容反悔的忧虑
也是开心也是担心，内涵的根源再次静止

此时提出，发挥的程度超常
需要修理错误的毛刺
是微调的多余

在意的往往是，微乎的小事精致
超大的心灵，过滤掉石块偏剩下砂粒
忽视应有的表现，平素几乎体现这样的特质

如是具有坚强的心灵，才能平复平常的心
安慰急切的血压升高，头疼后思考禁止
屋子久困发呆，增加迟钝
潮湿闷热，引诱大雨来至
水肿的脑袋兴奋过度，糊涂控制
只怕最后，又变成无休止的解释

2020 年 8 月 30 日

喜庆的味道

周日早晨，鞭炮楼间震荡
开窗的屋子，响声格外悦耳
这是好久没有的喜庆
及时唤起，恭喜祝贺的冲动

追寻改变，改善生活
吃饱的时候，可以质疑
习惯适应，接受和不接受
最彻底的翻转，不容置辩

无风干旱，路面尘土弄脏衣裤
飞扬的嘴念叨不住，渴望雨露
阴天下雨要被淋湿，满腹抱怨又不带雨伞
找一个客观理由，有必要安慰长久焦躁的心碎

舒缓的心律，接纳烟花弥漫
刺鼻的火药，是欢欣的妙药

拍手祝福，拍手热闹
迎接久违的喜庆的味道

2020 年 8 月 30 日

乘风破浪

隐患终止侵袭
躯体和情绪
捆绑拴牢抵挡扩散的恶浪
余波冲击风帆撕落
船入深海，漂泊巨浪
剥离桅杆腐朽的碎片，重新挺立
分布八块拼接缝制
连成一片，总计三块
涂抹崭新扬帆破浪

热浪乘风，吹出油腻
眼花散光佩戴双边花镜
扮相老态拐杖不离身旁
以前偶尔，现在每天
力道满血往返冲浪
有喝茶的地方，途中浪漫
品鉴过后，选择目标明朗

阳光普照，书架摆满自己的理想

走近萦绕翻看跌宕的风浪

2020 年 9 月 1 日

舞动身影

听道云游，坠入你的河流
天上云飘荡，水中我漂流
进入泛滥的汛期，迷路风雨知错?

停靠登陆码头，忏悔忘记的缘由
澄澈花样时节，错过了花期
结出酸涩的畸果，哭泣苦涩我尝过

我站立街角岸边，身影依赖
远处随行，相伴路灯摇晃
倾斜身形开始舞动，此刻正星稀月落

2020 年 9 月 3 日

提　醒

你给的牵挂，波动脆弱心情
仅是如此，难免灰暗的沉静
能够轻易改变，还会停留
总是在意识不清中怀念
掩面修饰，又在以后的日子里
纠缠过几次度过艰难
恢复启程，还要怎样的评判？

未来继续肯定，不代表目前这个决定
同一班车上，有一段路途
过去的你，走近身旁
看你不自主的脸
轻声说颤抖的礼貌，勉强习惯
狠心镇定，却在不停回想
忘记了苦闷，忘却的忧伤
提醒自己，不去想念过往的心境

2020 年 9 月 4 日

探索的眼睛

涉过河流险滩，神圣的湖泊
初升的太阳温暖
照耀的脸，暖洋洋也不能偷懒

只有拼命地站起，才能生存在这片大地
惊慌的风吹乱了头发
引起的均匀颤抖，是无畏的勇敢

斜壁上跨度跳跃习惯，地球的引力不会压扁
奔跑的路越变越宽
站稳后，转身在慢慢地看

锐利如风，果断地变换
今日水平面的一段，明日天涯的另一端
西风漫卷的图案，精灵的眼睛探索不断

2020 年 9 月 9 日

老师你好

你稳步走上了讲台
亲切话语从心道来
由浅入深由简到繁
迷惑思路变为平坦

耐心说教周到关爱
始终如一不变状态
严厉批评含有温情
入学开始连贯全程

你是继承的发扬者
你是传播的推广者
你是智力的开发者
你是个性的塑造者

人人称道你是教师
你道人人不为浪子

艺苑学院教书而已
不为大家却为才子

先生悠久辛勤园丁
春蚕吐丝蜡烛跳动
思想哲理引领世人
洞悉灵魂注入安身

唯你之外再无能及
老师你好，你好老师

2020 年 9 月 10 日

久久相会

相望银河，一年煎熬
一次牵手的机会，那是怎样柔情蜜意的相会?
远古的约定，封存了密码有传说的印证
如今生长延续，加密仍不能破除

同一座城市，东城西城近邻交汇
无意错过整本的旧历，有些无奈延后
是上天的排序，想念相惜冰凌消退
显露正式的版面，昭示聚会

择约相月廿二，尽饮深情又建友情
旧友新朋，慢聊体会
酒盏溢满多酒陶醉，待时日
设定密约，要长相会

2020 年 9 月 10 日

注：相月指农历七月。

重　逢

窗口吹进来家乡的风
熟悉的清凉时节，泛起炙热的情结
云游学子如天空云朵
四散远方，飞跃过峡谷山峰

走入可期的日子
会遇到怎样的新颜？
未知的相见，伊始重现
正是你我曾经的相逢

那时青春正浓
暗恋情韵，屏蔽低音
放下难舍也做无情
此去一别难回望，平川低谷陷阵冲锋

过了一年，逝去二三年
拆开你的信封

约定秋日的味道，暂放习作深耕
再见时已褪青涩，挥洒如风

脱落圆润的伪善，尽显内心的癫疯
羞怯猜谜，院落花开躲藏无处
到哪都能找到，嗅闻觅迹
致密接壤寻不到嵌缝

还去攀登，寂寞平静
纵使波折赖皮作梗
你的欢容任由我定
你期待的心，我耐心在等

2020 年 9 月 11 日

意料之外

溜走的时光共用消耗
理睬的表情满脸问号
沉淀的心深埋惊慌
独自享受暗夜的星光

积攒多少隐藏的惊奇
找不到缘由
游离的我把记忆丧失
重置了提醒有可能牢记

意外的结果克制惊喜
感触不过是全面普及
真的没有什么可以惊讶
我只是池塘里一只沉静的青蛙

平淡的故事任由你读
穿插摆动随意谦虚

意料挑选弹出括号外
遮拦不住心直口快

走近身旁前来客套
习惯的结尾你一定全部知道

2020 年 9 月 16 日

水中的倒影不是我

放松的时刻有限
不是常规这样习惯
无力储备懈怠
陷入莫名的状态

控制压制双重管制
思路思绪放空停滞
反向作用包围凶猛
引燃导火索有爆炸的可能

宽容讲解是一种禁锢
不理睬消减却是保护
河面平静暗流漩涡
水中的倒影不是我

眼见为实争论不休
摇头晃脑又在研究

询问镜中熟悉的陌生

分辨不清，怎么能够虔诚？

2020 年 10 月 9 日

遇到香甜

山弯路转，斜阳低落山间
倾身慢走缓坡无尘
侧畔隐约小径 ，展叶成栏

异样隔挡，杂草横生阻步
轻跳沟壑豁然其内
压枝硕果垂地，吞咽流涎

触碰几番，接连信手香甜
蜜汁沾唇腹饱痛快
回味延伸归途，无人昏晚

2020 年 10 月 12 日

这样的收获

停留回想，难忘遇到的沟壑阻挡
那时磕绊的奔跑，寻不到温暖的怀抱
清冷的夜晚紧闭的窗
墙壁的影子，陪伴走进夜晚的梦中
恐惧的虚汗，慌乱地开灯
放松不下的神经
一次再一次地重复，惊魂的过往
限时有限，顽皮的游戏休闲
总有些忙碌，开始就已注定没有收获

2020 年 10 月 12 日

你 敢 吗

炙热余温无存，那时的心有冲动的分裂
你的一句安好，彻底删除了烦恼
压底的心痛深埋，走远了回不来
故乡日落云西，异地匆忙再无消息

是谁呼叫我的名字？眷顾就无法错过安排
我就站在那一刻的这里
连接了中断，平静地再见
不触碰痛楚，走过了淡然

沧桑总会流过，时常也会莫名地泛滥
终没能超越，固执保护的软弱
你已非你，我已非我，爱与不爱有何分别？
假使重回那时，还有这样的提问，你还敢吗？

2020 年 10 月 13 日

记忆分割

起浮记忆，分不清片段的联系
掺杂浸满油腻的无奈
用力没能挤出一滴
分不开清醒混沌，融合一体

缝隙相擦，溅出了火花
难免肿胀胡乱在自夸
饱和过满，凸显缺损的空白
用护甲掩饰，再外罩盾牌

这样的防御不中邪风，不信巫术
抵挡侵犯的伤害，抑制多绪的念头出来
打开时发现，粘贴得太牢撕不开一角
分辨不出哪是起点，哪里又是终点？

疯狂去跑带着风，积蓄热能
引燃油腻，引发高烧

激灵寒战抖落虚汗，暴露最初的路线
连贯穿插的勾勒，早被记忆分割

2020 年 10 月 18 日

停留原地

我还停留原地，你在哪里？
有没有一样的思念和一样困惑的心灵
我想要清晰明了，有一个方向指引
走过无际无边的牵绊

忘却不了的誓言跟随
那些过往围绕
我不想独自这样地忘记
又去行走，就此了断

你不回头，我不能忘记
我流泪的眼睛伤悲在哭泣
没有缠绕地离去
你回望就能看得见

路灯下，孤单泛起了思念
你还在天边，我还在原地祈盼

2020年10月21日

痕　迹

望天边的云飘向了哪里
随风就要去远方的是你
奔腾的热火渐灭停息
趁夜晚还未降临好好地珍惜

谁不曾有过落寞孤独相伴
一边走一边流泪的心酸
无论是怎样的艰难
最终都将化为过往的平淡

只是经历品尝后才懂
旁观的眼睛充满了轻松
谁曾给的激励留在心中
温暖的包围，度过了严冬

不再摇摆发呆如痴
行程的路上脚步扎实

你把眼睛投向了天际

清风在夜空划出一道痕迹

2020 年 10 月 22 日

意外恐惧

离去安逸的原点
阶段的理想失去终点
微细的声响，莫名的恐惧
惊吓宽阔的思绪

假定淡漠是一种颓废
我要追回溜走的浪费
行动最初，总是有些受累
预料不到的偏差让人疲惫

颤抖游动，取暖蜷缩
凉风掺杂寒意在解说
抵御诱惑，频繁地抗拒
固定调整出完美的焦距

瞄准意料的凡响
和习惯既定的方向

阳光翻转，显露另一目标

用现实涂抹，不再迷幻缥缈

2020 年 10 月 28 日

快乐的记忆

已到多彩的季节
醒来后轻快地集结
隐藏的训练场
带给膨胀的能量
奔向临近的远郊
在陡峭坡顶，古老的城墙上远眺
峻岭巍峨薄雾风涌
劲风忽急，吹的飞扬思绪正浓

贪婪地喘息
抑制不住急促的心跳
抖动的双腿愉悦
上了眉梢，挂在嘴角
感怀所思，自我诠释

你的鼓励
我的助力

跨过阶梯的成功
转折到威严的整齐
没有扣动扳机
也有心灵撞击
这是怎样的一种震撼
停驻在你我的心中

拍手的歌声回荡环绕
我与你分享共有的快乐
压缩的生活，波段起伏相似
总有一些已成过往的故事
无须提示，就能唤起你的记忆

2020 年 11 月 3 日

激流中的泡沫

我在岸旁左
激流右侧轰鸣
奔涌不停息
我一直在朝前走

调皮水雾，争抢扑面
泼洒一片又一遍
淋湿阴凉的路
阻拦不住扎实的脚步

飞瀑立体倾泻
拉开水帘成幕
泡沫落入漩涡中漂浮
浪花吹散拍击，乘风远去

我又继续走
顾不及的耳目

不用担心，湿润又不泥泞的路
灰暗转角，还有亮光指引保护

2020年11月11日

注：游黄果树瀑布有感。

绚烂的未来

如同以往的情景
你再一次复习了难堪
听既定的言语
固化的表情随即浮现

犹新转变，不需狡辩
调整了方式做好准备
有一点踏实的感觉
你独自可以拿来欣慰

思索困惑的实质
抵消迎面的尴尬
生涩掠过耳旁
一丝震动，耳鸣又开始盘旋

一次冲击
蓄积反弹的力量

屋内沉闷，屋外空旷
终将都要离去

小草枯萎的季节
收集挫折的笑容
滋润干旱的生长
孕育绚烂的繁荣

2020 年 11 月 15 日

尘　烟

又见清风卷，黄沙堆河滩
斜阳掠过依旧挂西山
你曾向往的思念不断，点燃了五彩的云边
人来人往的阳关
还有路途上的牵绊
望穿凝固的时间
询问一遍，寻找一天
过往千年的留恋，恍惚映照眼前

奔马声耳畔，窗外下呼唤
月影云聚黑夜来相伴
你曾难忘的怀念飘远，清澈了大海的蔚蓝
潮涨潮落的苦难
还是浪花里的波澜
融化破碎的遮掩
品尝一段，寻觅一番
留驻凡世的尘烟，朦胧缠绕心间

2020 年 11 月 15 日

思　念

抬头你的前方
遥远的云边，映霞光
闪亮的星，汇聚银河的光芒
照耀眼中不断酝酿
离去的过往
在湿润的眼里荡漾

徘徊走过街巷
近前的海岸，翻涌浪
高挂的月，旋转皎洁的苍茫
清澈心底不住回想
无力地阻挡
留在心间酸楚的凝望

2020 年 11 月 16 日

小巷清晨

初冬的细雨
凌晨时集结洒落
屋顶的滴答
悠扬地进入梦中

清晨走廊还有些灰暗
走下了阶梯
水雾飘浮空旷的院落
漫步转角狭长的街巷
紧锁两侧的房门
还未醒来的沉寂

独自一人在走
细水跟随流动
狡黠地抹拭留下的足迹
陌路的眼睛探寻
指引脚步走向深处

掠不起尘雾，惊不到尽头的迷雾

2020 年 11 月 17 日

闪动的星

昨夜初冬下起了雨
湿透路旁的街灯
照亮角落孤单的街牌
转角再转弯的小径
关锁着高墙的门
散射缝隙的光线指引
归去从不迷失
雨中的小巷，走进了遐想

寒气迎面的微风
吹不散洋溢的思绪
不顾淋湿的衣裳
走过雨后的小巷
舒缓的音律跃出围墙
伴随着凝思
分开了云雾
看见躲藏的星，羞怯地闪动

2020 年 11 月 19 日

留下孤独

风卷起了流沙
刺痛双眼流泪冲刷
清洗不尽情与痛的伤痕
落地的思念生根

曾经年轻的笑颜
刻画衰老的容颜
留恋的人心碎
流浪的人憔悴

窗下温暖的风
吹在无声的耳旁
模糊的你在记忆的归途
走过后，只留下了孤独

2020 年 11 月 23 日

温　暖

春光照耀的南方
将至那一场离别
暮色的烟霞留下心酸
停在你心头牵绊
还在纠缠，云雾弥漫，翻转着昏暗
消失的背影，无限怀念
艳阳的天，无法感到温暖

春风和煦的北方
迎接再一次归来
晨星的闪亮拥有期盼
拭去你眼中灰暗
还在浮现，细雨迷漫，撩拨着思念
转身的轮廓，亲切相伴
吹来了风，带给无尽温暖

2020 年 11 月 24 日

不与生活斗嘴

激荡的青春时光销毁
你不习惯隐形的返回
开始倾听内心呼唤的春归
还在寻找迷失的幸福光辉

看护好的激情曾经破碎
消磨的浪漫与绚烂珍贵
依然豪情万丈不悔
而你却不再相信玫瑰

成熟的内心增添惭愧
选择的理想不惧怕风吹
不需要提醒的话语一堆
自己的路记得戴好头盔

逆流失意也没有随波下坠
不在意谁说你够不够尖锐

从不担心圆滑在沉睡
你拥有最饱满的干脆

暂停了陶醉
其中也有转折后退
将以一生的浸淫破溃
你不与你的生活斗嘴

2020 年 12 月 2 日

注：浸淫（jìnyín），为浸润、濡湿的意思，但也指时间的迁流。

悸动的心音

那一次说出心底
积攒许久的话语
修改随性的方式
你以固定的表情掩饰

眼里的羞怯
低头的你，就没能发现
委婉缘故，给你模糊
留下迷惑的无助

你的勇气接近全部
不了解那时的失落
驱动失调的动作
那样的慌乱会不会重复？

擦肩相斥无声的回应
鼓足残留的勇气，悄然耗尽

坦然客套的相邻

你却听不到，悸动的心音

2020 年 12 月 3 日

甜蜜不会封冻

正午冬日，挥洒阳光
温暖着大地，轻快的双脚
走在宁静悠闲的村落
漫游中闲散，蜿蜒的路面无尘
高声欢笑，惊飞草丛的鸟儿
在近旁树枝间躲藏跳跃

远近山石错叠，坡坳泛着整齐的镜光
转换起无限的能量
又怕点燃你凝思的目光
所以又将思绪反射偏折
投向那山脊之巅，用垒砌高墙阻挡
连接界线延伸，在尽头处停留回望

跃过豁口，走过坡边小径
田地平坦，叶落沃土
金黄枝头的果实

相距的伫立
搜索的眼睛快速检阅
嬉笑声落在攀爬的身后

阳光里的村庄
暖日带来惬意的一刻
粘唇的蜜汁，涂抹回味
收起旁观的疑惑
虽是冬日，甜蜜怎会封冻？
只需轻轻张口，你就能咬得动

2020年12月3日

思念不是伤害

青涩短暂
藏着深情独自暗恋
也不曾表达显现
也从不曾展现
无声无语的少年
羞怯在擦肩的眼眸回转

真切眼神，多么的深谙
你的反馈，还是既往一样平淡
沉默注视你的眼睛
触碰不到闪动的爱恋

你从没有问我
我也从没有过回答
你我从没有牵手的相恋
思念是不是一种伤害？
少年远行，默声不变

留下了谜一般的答案

2020 年 12 月 8 日

眷　恋

我们从家乡来到她的身旁
温柔的呵护让你我成长
热血的年华，挥洒着汗水
在曾经稚嫩的脸庞流淌
我依稀还记得你青涩的笑颜

带上了多姿的笑容
你我纷飞去向远方
心上的人还在那里眺望
是否还是当初那个少年？
往事似眼前，往事留心间
割舍不断，你我对她的思念

边陲金达莱，相会在北京
我们唱着歌，跳起舞，我们手挽手
编织友谊之花悄然盛开
绽放的景色怡然绚烂

你我深情诉说，对她无限的眷恋

2020 年 12 月 12 日

松花江畔

是谁忘记了按时的约会
你悄悄地无影离开
四处找寻，你已不在
留下遗憾成疾，我痴心不改

思恋的人要多久相见
时刻提醒自己不去思念
煎熬在每一秒的日子里
这一次，我一定赶来看你

升腾的雾气旋转着飞舞
白茫茫，天地间，一人荒芜
我带着风奔跑，衣角飞扬
雾蒙蒙里就要与你相拥

如约的相聚，如约的相聚
吉林的江畔，相约的冬日

你纯洁的笑容晶莹剔透
我心跳加速浑身颤抖
你一如从前不再羞怯逃跑
我用发僵的双手把你环抱

相思无眠泪思念
轻舞欢笑又缠绵
片片花瓣飘落我身边
依稀的余味唇边留恋

你的热情我忘记归期
融化的心和你在一起
吉林的江畔，冬日的阳光
冬日的阳光，温暖的江畔

2020 年 12 月 15 日

会眨眼的雪

北方的我，每年这个时节
都会期盼着遇见你
刻下记忆，那时世界一片银白
山川村落，用洁白的雪花覆盖

离家漂泊，雪又在空中飘舞
落地的小花，片刻流水消无
回想这时，那里的白雪
唤起了心底酸楚的感觉

是远方，不是我家乡
行走的路，孤独漫长
那一年，我曾寻根来这里
意外缠绵，遇见羞怯的你

也常常莫名泛起过往
时间悄然改变我的模样

却再也无法能够忘记
你总是出现我的记忆里

是不是因为喜欢？
天意深厚，波动了心乱
唇边你曾落下的吻
印记封存，冰冻不留伤痕

这里的雪，晶莹剔透
一眼，就会让我心颤抖
离开牵挂了多少年
此刻，你又让我遇见

不忍分别的留恋
飘远的雪，一路陪伴
在我的身边忽闪而过
她眨了一下眼，像是给了我一个承诺

2020 年 12 月 16 日

家乡的雪

我听见
遥远的雪飘落的声音
又是一年雪花纷飞
山川朦胧，行走的身影已然蹒跚
那是我无尽的牵挂
雪在飞，漫天苍茫
不见你留下的痕迹
这一年的雪
覆盖了去年离家的路
封冻的日子，封存的记忆
眼底的泪涌，又在盘旋
我家乡的雪
落在了我的枕旁
汇聚流远，融化冰雪路
带上我的梦，一同回故乡

2020 年 12 月 19 日

欢聚时刻

那一年的分别，似在昨日
从此，不再遇见过一样的你
年少的我们一起走过轻狂
我依稀记得你青涩的模样

安静的角落，陪伴的课桌
逝去的岁月，我们一起度过
青春汗水，在无畏的脸庞滑落
而今，细纹的眼角积累着收获

你和我都不会忘记
离别的人，留下了回忆
漫步牵手的小路上
我和你曾在那里向远方眺望

没能说出的那一句话
压在心底已生根发芽

小树成荫，真情幻化
让现在的你我，依然牵挂

首都的相逢，相聚的北京
相约的时刻，无尽的温情
无限的眷恋，充满着期待
欢聚那一刻，与你共开怀

2020 年 12 月 21 日

苍茫依旧

那时候我还是不懂
以为彼此记得笑容
未来能够拥有想象的天空
单纯的雨夜雷电也不轰隆

又似和你分手一样的天气
清冷的街道有些沉寂
苦涩的味道，掺杂过往的气息
弥漫浸润在繁杂的城市里

故意深藏，掩饰说笑
却无法在心底抹掉
每当我稍作停留，总会回望
如今的你去向了何方？

记忆时常，带我到站立过的地方
隐约地感觉，细语的声音在我耳旁

或许是为了陪衬我的心情
紧闭的窗帘，仿佛映出了你的身影

总是这样以为，每一次又无形阻挡
涌起的浪花，随波荡漾
有时也许就是这样，漫漫路上
你和我，无法走出过去的苍茫

2020 年 12 月 23 日

开创未来

窗前的夜晚，星光洒落
孤灯悠长，时间悄然流过
纠缠的思绪被笔尖解脱
厚重累积，堆满了你的书桌

这样的坚持，这样的你我
没去刻意追寻盛开的花朵
漫漫路上，彷徨与困惑
相同的境遇，不一样的方式度过

也曾迷茫，也曾失落
似是而非，不尽相同的思索
疲惫生长，安逸萎缩
总有一个坚定，给内心承诺

植根痴心不改的执着
占据心田，任评说对错

冲刷激流拍岸，谦逊抵挡示弱
洗尽铅华，我向往美好的生活

你付出的汗水，点燃了星火
艰辛的前端，引领掌舵
撑起远行的帆，驶向广阔
风浪漂泊，终会有收获

也会遇到世俗纷扰
惊不起洁净天地里的尘嚣
开创未来，奋勇开拓
铸就属于你我的百花硕果

2020 年 12 月 23 日

暂停一次

远方的我，牵挂的你
我们一起来到这里
相约欢聚，一同温习
旧日时光浮现，在胸中洋溢

约定那一刻，我开始想象
你是否还和从前一样
我是否也会带给你
意料的诧异和惊喜

你迷人的笑颜
是否还是记忆的那般
美好纠缠伴着我的欢喜
在我的脑中，不能平息

昨夜寒风忽起
阴冷的天气

零星的灰暗悄然汇集
相聚的路，迷瘴阻止

割舍情愫，只暂停一次
平复荡漾，在积蓄情谊
尽情释放你我的活力
就在春风吹过，山花烂漫时

2020 年 12 月 26 日

坚强的翅膀

小时候的墙上有一幅画卷
重叠的远山巍峨耸立
那时，我总是在想
山的后面，是否藏着童话宝藏

我时常在它面前徘徊
不知道那里会有多么惊险
一直不断在想
我何时能够到达，寻觅深藏的宝藏

成长的心带我去探险
跌落爬起，遍体鳞伤
我又翻越了一座艰险
无际的尽头，总在我的前方

经历过沧桑
我仍然充满幻想

我的肩膀
慢慢长出了飞翔的翅膀

我又站在面前的那座高山
云端脚下，我还有些渺小
翅膀却早已变得坚强
带我飞跃险阻，不怕狂风巨浪

2020 年 12 月 28 日

无　题

无缘不秀题目
无故事，何处灵感无限
任想无做思绪断
无绪极力奔思
无开端，付诸流水散落
哪见花开果实结
无事做尽私利，无畏行
付出身形留影，豁然陡醒见晴光

2020 年 12 月 28 日

江　湖　行

不易不易慢慢行，最初江湖平静浪
行走多艰险！
深似海繁花似锦开
一入人世避不了，江湖笑里流泪哭
善征恶，柔情似无情
清晰繁乱又纷争，养育江湖人
江湖美景含凄凉，千千变变千千应
是是非非是江湖！

2020 年 12 月 30 日

阶段理想

点滴蓄积，连贯开始
倾泻加速，不可收拾
剔除初始模糊，明了清晰
刻意转变才成为习惯意识

热血无畏出发，评说不理
自己悸动安定的心意
讨饶了足够平和的你
选择别人包容，指点猜疑

盘根纠缠，用内涵溶解
美好糟糕，看你怎样理解
即使得到的是糟糕一切
也能转化，变成美好的亲切

不为结果的输赢
来到现在已展开进行

实现阶段性的理想
重新调整时限，暂缓宣讲

冲刺短暂，长远细品才顿悟
退却思索，有过平静的回顾
反复再反复
反复的本身，掀翻了反复

是悟性？是感觉？不必纠结
中间地带摇摆，平衡和谐
感谢一贯包含的你
鼓励致敬，给坚定的自己

坐在窗前固定的位置里
望向远方的那时
穿透迷漫雨雾的边际
心中的美景，依然还在那里

2020 年 12 月 31 日

白昼黑夜

沉默寂静，无声感叹
黎明同往常一样地苏醒
这一刻，黑夜睡去
白昼，在云水间重启

清纯的眼睛转动
渴望多彩的世界
转换快乐，传来了笑声
那是你表达着独有的惬意

白日的阳光，夜晚的星光
增长的年轮，连接浪漫的月光
无限延伸，无拘自由
直到有一天，你无奈停留原地

细微编织，纠结阻拦
匆忙的脚步

你抬起头仰望，灰暗重叠
压缩空气，呼吸难免有些压抑

现实相似，像是梦境
现实梦境这般重复
滋生出烦恼，忧虑伴随
飘散在时空，无序地传递

消除不安的惶恐
不能等待来临的夜晚
它无法掩饰，更无法湮灭
即使，是到了漆黑的夜里

2021 年 1 月 2 日

我找不到过去的我

我有同样一个状态
对你从不曾有过疑虑
你给的反馈迟疑
我总是没有计较地对待

你传递的感觉
产生微妙的反应变化
你和我之间开始平行
难道是我疏于了理会?

一天跟随一天地过去
宽容和解释换不来回转
选择原谅自己所做的一切
让增长的我，保留不变的情怀

就在我的醒悟来临之前
你无意的一个回望

我又无所适从地被重新牵引
你已心有所向，我该消除后悔

最后一点希望的火花
燃尽了我的全部热情
这一次，带我到达苦痛的尽头
这样的感受，包含着些许无奈

以后依然，我要继续行走
剪断牵绊的脚步有一点轻快
也许自己也不曾料到
我也能够舞出异样的精彩

曾经的眼神显露诧异的惊喜
你带来的问题，我准确地回应
不能重复，让你再次失望
因为我，找不到了过去的那一个我

2021 年 1 月 14 日

一样的追寻

阳光下，我和你
自由地呼吸
同一个夜晚，月光下
两个人，走在同一条街上

路旁的霓虹灯闪烁
色彩斑斓变幻不断
你脚步匆匆，我驻足停留
橱窗里的灯光，格外明亮

交叉重合的身影
感触不同的感受
相同的人，不相同的故事
互不打扰，独自流浪

四季不悔地轮转
重复着各自不同的光阴

阴雨连绵，滴落忧郁的泪水
蔚蓝的天空，白云飘去了远方

两片金黄的树叶
结伴相携落入水中
落日余晖映照河面，五光十色
待你归来，白雪又覆盖了寒霜

相同时刻的分别
时光里，不同的思念情长
一同追忆着过往
我在这里，你在何方？

光怪陆离，多彩的世界
不一样的你和我
一同穿越，那浩瀚的星空
追寻着，同一个太阳散发的光芒

2021 年 1 月 15 日

重　　复

总是无所谓的表情
再一次重复
还要故作轻松地表现
经历过同样的反复
你沸腾的期望
几近被化解得消散全无

忽略内心的感受
好像自己从没有受到过欺负
不自觉下意识拉起衣角
裹紧身上单薄的衣服
安抚酸涩的心扉
保持着你原有的温度

没有用心的离去
这样回应，你又何必在乎？
剩下一人街边行走

跟跄的身影暗自孤独
灯光摇晃了一下
就像小丑在独自跳舞

亲近的人不要围观
有一点伤心，不能算作悲剧
提示感受，继续自在游戏
没有魔法，没有道具
你要如何才能抵住？
又一次，即将来临的重复

2021 年 1 月 17 日

我 心 飞 翔

小时候，我仰望天空
追寻飞翔的小鸟
那时有了一个梦
想要化作自由的小鸟
飞越过高山
去到天的另一边
那里是否有奇妙的风景？

长大后，没能变成小鸟
迈着步伐，走出了大山
来到高楼林立的这里
远处天边，矗立高山
依旧怀揣那个梦想
不受羁绊，不受阻拦
在我眼中保留独特的风情

我依然羡慕飞翔的小鸟

穿梭云际天边
脚下高山，蜿蜒河流
掠过苍茫大海
不惧波涛汹涌
不与恶浪争斗
拥有着属于自己的风景

就要感受它的世界
起飞高台的顶端
我的手，够到了白云边缘
飞行在自在的空中
美妙的梦想已经成真
可是，双脚捆绑的绳索
又将我拉回，在现实中清醒

那一次，纵身一跃
我已胆战心惊
颤抖的身体，还在发抖
现在只能蛰伏潜行
朝向胸中的广阔
在那里
有一颗不受束缚，飞翔的心

2021 年 1 月 19 日

忧伤不再来

我用未来的温暖
度过难熬的寒冷
总是拥有别样的情怀
抵御刺骨的伤害
不后悔，放弃无谓的挣扎
不计较，岁月经历的无奈
在收获的季节里
以为很快就会降临的期待
意外地失落
给一个苦涩的笑脸，将哭泣掩盖

走过一段难忘的路途
刻下了回忆相随
甩不掉的忧伤，隐约难猜
忽如大海澎湃
激荡着心绪起伏摇摆
灰暗潜伏，隐匿不改

不曾辜负生命时光，起舞精彩
一个清凉的夜晚，吹来一片云彩
风，带着我一同离开
从那以后，就再也没有回来

2021 年 1 月 19 日

青春的彼岸

忘情年少的追逐
忘却把时光固定
转瞬间消散
只剩一人独自发呆
声嘶力竭地号叫
青春不羁的吉他
你骄傲的自负
失落最后代替了潇洒
就在那一年，你占卜了一卦
命运让你抉择出发
多年以后
偶然遇见了你
追问，当初为何无声地离去?
率性无忧，不知来日方长的烦恼
青春的热血
迸发火星，无缘由的爆炸
这或许就是原因

真的，并没有那么复杂

一湾碧水幽蓝
激荡不起心旷神怡
翻动泛起了酸痛
是对心智迷惑的惩罚
青春燃尽照亮云霞
我的后悔
是否已经灰飞烟灭？
不同的路，各自的步伐
从未相互践踏
逃离旋涡里的挣扎
我又想起逝去的牵挂
内心的坚强
恍惚有过崩塌
而今，不再试图垒砌
咀嚼酸涩的苦果
回味着，走过了炙热盛夏
你离开后的彼岸
青春那时我曾到达

2021年1月24日

故事前后

初始渺小思路的间隙
徘徊撞击新的思索
明确目的驱使
苦思冥想阐述命题
堆积突出灵感
逐层分级进入表层内部
探寻其中，发觉了另外的空间
引起微妙反应，并不压迫抑制

清晰模糊贴近渗透
产生新型物理现象
相斥托举盘旋中心地带
无形的梦魇牵制
本能挣脱倾向一侧
实质触碰比虚幻牢靠
任停留不下的时间流逝
偏离不定方向，最终的归途或许成谜

盘绕日月追星之术
吸食天地之气
恰合时机地捋顺描述
灵气贯通催生无极功力
舒展顿收，来不及反应
悬浮的沉淀坠落于地
伫立良久，欣然衔接看待
就会发现，传奇在后续的故事里

2021 年 1 月 28 日

古今一梦

恍惚无眠如梦
倦意辗转
穿越黄沙荒漠
嗜血疆场，箭雨漫天
低鸣嘶吼，踏遍山川
英雄儿郎身披战甲，血战征程

忽起疾风云散，明月寒光
边关夜影
铁缨长剑不惜归，锈迹斑驳蜕百层
千年的风沙
吹翻劲草不息
吹净浮沉，足迹纵横

安定风雨飘摇
大好河山，雪藏铁衣铠甲
难料疫祸翻卷

隐匿血色，唯见白衣素袍
无畏誓言从容
热血儿女奋发后继，无惧征程

清风夜色中摇曳
窗前不熄的灯光，苦盼
泪滴与牵挂系成一线
上下故里人，同心等待
策马凯旋，儿女归来
还那时，尽饮佳酿似儿眠

2021 年 2 月 3 日

快乐到发晕

有人记得你的生日
带给我们欢聚的快乐
亲近围绕，年轻的生日蛋糕
散发美味诱惑
生日祝福的歌
拍手摇头同音欢唱
一个鼓舞的致辞
揭开蜂拥的操作
不需寻找，谁是最佳
你不在现场
可转到另一群中
欢乐总会为你留下
互通消息，绝不耽误
感受热闹的氛围
恰逢新春，生日快乐
一顿饭，接连品咂
排队领，间断分发

沉浸其间过足瘾

阵阵欢声惹人晕

2021 年 2 月 5 日

相遇黎明

无声地离去，我失去了你
多年后，看到你的留言
一句对不起，顷刻间我懂了你
牵绊曲折的一段情意
经历过的人，明白其中的含义
拥有了身不由己的保护
那不是你的自私
你不要纠结，也无须解释
只是莫名的我，泛起过往的涟漪
不知谁还能感应，与我心灵相犀？

我不曾改变，对你的祝福
在你离开的时光里
走过波澜的我
不断地慰藉和鼓励自己
远去的凝望，我们不再相依
不该增添沉重的歉意

向往的心，我一如既往
相遇的黎明，对视的那一刻起
你眼中的清澈
就已流进了我的心底

2021 年 2 月 9 日

过　年

成对张贴，喜庆的韵律
高挂低垂红色映照
接连响起了爆竹声
迎贺的方式，恒久地延续

洁白的山坳，院落里飘香
洋溢着欢声笑语
夜晚的路上，跑跳的小灯笼
微光闪耀，照亮着前行的路

寻根溯源，依然那样虔诚
屈膝叩首，深植萦绕
懵懂的当初就已开始
乡味乡愁，伴随岁月的全部

置身高楼林立的远方
牵挂，低矮院墙里的亲切

怀揣美好的心愿

此刻，送上最真挚的祝福

2021 年 2 月 11 日

一轮圆月

张灯结彩的气氛
带来新的欢快高度
无垠恒久的浩瀚
你还在那里，不变的模样
含蕴似笑，寒凉如常
洒下银光，尽看世间

收获的季节，羞怯遮挡
许下亘古的承诺
红色映衬，风雪交织中晃动
忧思柔肠，举杯团圆的酒
在古老的血管里流淌
抬眼望穿，又过了几千年?

今夜，皎洁高挂的距离
似乎拉近了几许
我又想起了那时

遥远的故事，传说的你
孤单地飘去
留下了万千百种，思恋

情丝悠长，回首洒落
凝结成一缕目光
跟随着你，转动
谁曾为你写下华美
抑或是哀婉凄凉
执笔落下，临摹你沉静的容颜

明夜浮云，流星炫彩
带走几多凝望？
多久的悲欢
多少次的离合
相惜相送，相扶相携
清晰，在蒙眬的眼中呈现

过往不散，未来再叙
总会有那么一天
我会走近你的面前
推开微寒的院门
带给你，神射者的讯息
解开上古萦绕至今的情与怨

2021 年 2 月 26 日

青春激荡

你总是把我的理想
否定地认为是一场空想
我尝试，也在付出艰辛
寻找你也曾迷失过的幸福
脱离了你给的处境
起点和过程不再有庇荫
夜色熏染，炙热揉搓
我稚嫩的躯体
磨炼青春激荡的时光
真的不需要提醒
那些琐碎的消磨
缠绕羁绊，未来的浪漫与绚烂
或许我会平庸世故
可我依然万丈雄心
我相信的，不相信的
越来越多
空间有多么广阔

就会有多么深奥的内涵
看护好激情，充满怀疑的年代
需要信仰，我直面挑战
坚守饱满的人生
站立的，我的光明不是灰暗

2021 年 3 月 1 日

初心依旧

你追寻的脚步，踏破艰险
记不清，翻越过多少山峰沙丘
到达收获季节的金秋
多彩的风景中，有你傲骨的清秀

丢弃畏惧的害羞
任由阻挠，你的真理从不荒谬
年少时，不堪如梦的醉酒
惊醒后，筑造成万古千秋

蹚过波涛激荡的河流
飞溅起浪花淋湿你的衣袖
可你依然学不会妥协和哀求
山海大地，在你的心中停留

不留恋，繁花簇拥的锦绣
不装腔作势，学鸟儿鸣啾

百年前进路，一个信仰的追求
不变一颗初心，你的追寻依旧

2021 年 3 月 3 日

我的眼里流不出泪来

那个寒冷傍晚的冬日
楼下宿舍的转角，我在等待
不知道，这一次你是否会为我停留
还是会一如既往地走开？

徘徊脚步，温暖发抖的身体
忙乱的心跳，此时思绪难猜
远处走近的你，紧裹着大衣
一个微笑，溶解了我凝固的发呆

漫天大雪静静地飘落
疾驰的车轮，落寞地等待
期许中，你的消息
让窗外的雪花，尽情狂舞

山峦，树木，快速的倒影
仿佛停止的时间

增添了焦躁，忘却了疲惫
牵着你的手，我的心底暖流涌动

最初的分离，最后的无奈
朝夕相处的故事，成了往事
异乡再见时，做出决定的你
和我一起，把那段美好送去了远途

消失掉的，不曾回来
多年之后，我仍旧不愿来到冬日
痛彻心扉的往事，冰封覆盖
以至于心酸的时候，眼里流不出泪来

2021 年 3 月 7 日

留下的痛

又过去了多年
擦肩而过的轮廓
清晰的容颜
难忘在心底，埋下种子
生了根，我无法摆脱
挑拣细微的往事
循环品味，发呆地冥想
重现的场景
身影，依偎我的身旁
抑制不住欣喜
还故作平淡样子的我
又一次，在梦中醒来
掠过云端的惆怅
宛若清风一缕
袭来困扰，甩不掉
我们一样的，忘记了伤
却无法清除隐藏的痛

2021 年 3 月 9 日

家乡的模样

冷暖三月的北方
昏黄的一天，公路漫长
两侧的田地
断枝枯草，落地残叶
这时节短暂的主角
随风，夹杂着浮尘
翻卷着，不知飞往何方
疾驰的心
掠过层叠的山脊线
那头，有我魂牵梦绕的故乡

走进的故乡
不见了旧貌
随处日新月异的新颜
没能改变
离开后，一幕幕的回味
还有和以往一样的，是我

从远方带过来的
所有的，焦躁和烦闷
到了这个地方
就开始消散，不见了影踪

灯火的街道
行走着宁静的思绪
无意，停驻
在不起眼的某个角落
就会唤起，记忆底处
封存的样子……
擦肩而过的身影
好似熟悉的你
转头对视的眼神里
有我家乡原来的模样

2021 年 3 月 22 日

下　一　秒

就在你离开的下一秒
我再也没有了狂乱的心跳
平静的我，怎么忽然心如刀绞
你最后给我的明了
那不是我想要的美好
我知道，总会有最后的一个结果
无论怎样都要出现
是不是这样以后
我们都不再恍惚缥缈
如果是这样
我试着将一切去忘掉
忘掉经过的所有
然后拼命地假装微笑
好像我早已经知道
知道我们从此不再有烦恼
如果是这样
是你想要的美好

我们不需要勉强的拥抱
两个人不再打扰
在你转身的下一秒
我的心也就不再年少

2021 年 3 月 25 日

清　明

北方的枯萎
荒凉已不在窗外
行走的路旁，山间
开放的花迫不及待
由红到粉，粉又到白
层次渐变，满足不同情怀

谁把规则更改？
风起昨日，摇枝落花
将阴沉吹得支离破碎
不是每年都有这样一个情景
纷飞落雨，忧伤的感怀
屏蔽了色彩，呈现单独的黑白

看看现在，真是意外
天空不剩一丝云彩
刺眼的白色，仅存不掉的忘怀

到此为止，规则之一
除了离去，其余的困惑
别轻易就万念俱灰

在今日的某一刻
我又看到了
自己一动不动
清晰明了的日子
没有了你
我不会慌张地离开

2021 年 4 月 4 日

夜晚的歌

寂静的夜
我想起了一首歌
是一首陈年的老歌
轻声地吟唱
不是为谁，也不为谁
走音的旋律
带出一丝悲凉
听得我满脸泪流
竟然还停不下来
低声的歌，带我离开了自己
奔向了无限，又见到过去的欢颜
一瞬间的断续
也不能让我停息
这是我自己写的歌
在酒后的这样夜晚
一首歌
究竟能唱

多少个轮回

2021年4月12日

身不由己

我想我是不能
时刻保持清醒
远去的身影逐渐地模糊
现在，当我一个人的时候
仍不能完全地放任
我常用困惑的思绪
束缚存留的内疚
谁都不愿意说，我曾经后悔
刻意地掩饰一遍
自己也就会变得成熟
不再徘徊，却在重演
伴随着最明亮的光
发现一个闪躲的阴影
在颤抖中寻找
独特的镇定与安慰
可以确定，这是低落的彰显
包含的疲惫

也许没有谁会认同

强调的结论

俨然成了另一种结果

在新的境遇里，我无法逃避

2021 年 4 月 14 日

现实与浪漫

害羞青涩时
惊喜就狂叫，悲伤就号啕
那时，有人对你说还需要磨炼
压制好奇的问题
懂得小心翼翼也有标准
后来的成长，你学会了温婉
只是没有想到
虚构，幻想出的意境
在接下来的现实中，没能出现
只是，变本加厉的磨难
不知不觉将黑发的尖端染白
不理解的内涵
其间也有关联
不再说难过的过往
过往又不是现在
现在的你，在现实里
真诚地表达和诉说

其实，这就是你的心灵再现

2021 年 4 月 20 日

别 抱 怨

无论愿意还是不愿意
也不管，有多么的拒绝
总是会遇到低谷和波折
那时的收获，除了挫败就是失落
叠加的方式不容衰减
雪上加霜给了最贴切的诠释
零星的运气都能巧妙地避开
困惑牵手怀疑，积累出厚厚的无奈

仰天长叹，是怎样的心情
只有自己深刻体会
跌落的人，顺势而为的颓废
引出一丝怜悯的瞩目
这样的意义，无法安慰
也无法填满，空寂宽广的心灵

反正无非如此

羁绊折磨，也终会达到顶峰
即便沿途布满凌乱的苦难
也要将它的规则捋顺
就算是苦痛的日子，也要过得井井有条
然后，用心满意足的状态
享受着、回味着品尝
再看看究竟会是怎样

2021 年 4 月 26 日

爱意主题

春末晴好的午后
城市高楼，街道间隔空旷的角落
整齐的绿枝树墙
掩藏不住伸长的桃枝
每一条，都缀满了粉红的花簇
微风拂面，飘香弥漫

运动加身的银发老太
半蹲嫩黄矮枝近前，慈善微笑
环抱咿呀斜靠臂弯的幼孩
乖巧瞬间，若有所思的清澈宁静
两个人，四代间隔
定格的画面，却寻不出一丝的违和感

延展构思的层次
身后即将逼近的夏日风采
隐喻成就，一幅佳作经典

无意，随意，惬意
爱意成为主题
当然，这也与美好的意境相关联

2021 年 4 月 26 日

散文

光阴填满绿色的树

路旁的迎春花开了，春天到了，北京春季日照时间变长了，气温回暖得很快，出门踏青的人多了起来。在我居住的小区，楼下花园中心的位置，有棵七八米高碗口粗细的树，干练沉静地伫立着，显得自信而优雅。在春风的吹拂和物业员工辛勤的浇灌下，细小的树枝上嫩芽突起，长出了绿叶。

这是花园里最大的树，但是和我家乡的那棵树比较起来，却着实要小了很多。

在我老家的院子里也有一棵树，那棵树高达十几米，胸径也有半米以上，灰褐色的树枝粗壮。春季里就开始长出一簇簇小叶，每簇上都有几枚长卵圆形叶片。进入到了盛夏，深绿的叶片会长到十几厘米，宽也有三五厘米，站在树下仰脸放眼望去，树冠上枝叶繁茂，遮阴蔽日。在夏季酷热的日子里，树荫下怡然，清风习习，父亲和母亲常常会悠闲地坐在树下的木凳上纳凉聊天。

军旅生涯

我的父亲他常自言自己是军人出身，在和不熟悉他的人聊天时，经常会这样地介绍自己“我是复员军人，当过兵”。每每说这句话时都呈现出非常

自豪的样子，他也一直具有军人的品质——干净历练、刚毅坚定。

从我记事时起，父亲对待生活的热爱，总是溢于言表，从没有在他口中说出过劳累或艰苦的话语。那个时期生活艰苦，我们姐弟四人都还小，妈妈半职地照顾我们，家里的生活重担都落在父亲的肩头。为了改善贫困的生活，父亲做过多种职业，教师、木工、农民、采买员，他还贩卖过牛羊，只要是能养育家庭、增加收入、改善生活的工作都努力地去做。尽管有这样的辛劳付出，可是由于那特殊的年代，家境始终处于贫苦、贫穷的状态。但是父亲一直保持着乐观的精神，对未来的生活总是充满着美好的向往和期盼，这些也深深地影响着我们四个姐弟。

父亲的老家在东北吉林省农安县农村，他出生在 1937 年的正月。在兵荒马乱的年代，日本军、伪军、国民党的军队、共产党的军队也曾在当地反复交替地出现，在年龄尚小的父亲心里，也多少留下了一些印记。

我的爷爷和奶奶生养了六个孩子，都是男孩，父亲排行老二，出生后的家境还算是尚可，受家族文化教育观念的影响，爷爷和奶奶将年幼的父亲送到私塾里读书学习。在私塾学习的四年半后，随社会环境及家境的变化，父亲中断学业，十三岁就走入了社会，开始做各种零工，帮助维持家庭生活。年少时期做的这些零散工作，培养了他对各种新事物的接受能力、学习的方法，也逐渐培养出了他的思想。

年少的父亲也会从大人的口中听到一些有关战争的故事，对解放军有了朦胧的认识。1958 年的秋冬季节，中国人民解放军部队又来到镇里征兵，爷爷的三个儿子符合征兵年龄要求，父亲的哥哥、父亲和他的三弟，我的大爷（父亲的哥哥）是医生，刚结婚一年，有了自己的家庭。父亲有自己的独立思想，他对知识的渴望、对学习的欲望非常高，认为参军到部队后还能继续学习。也就是基于这样的缘故，1958 年冬季二十一岁的父亲报名参军，体检政审合格，走入了军营，开始了他的军旅生涯，拉开了他人生崭新的序幕。

在新兵训练营里，瘦小的父亲十分刻苦，聪明伶俐。新兵训练结束后，被招到师部宣传处做广播员。只有念过四年半私塾的他，第一次接触电子广播器材，从完全的不认识、不懂，到得心应手地应用、修理、调试、组装。可以想象出来，在这个艰辛的过程中，父亲付出了怎样的努力。从没听说过的物理知识，硬是靠自身的聪明，认真地背记下来。学习过程的笔记本，他都一直保留着，我也曾翻看过，手掌大小塑料封皮的笔记本，工工整整地记录着他学习的内容。他的好学习、好记录的精神和学习的方法，一直伴随着他的一生。

在师部广播室工作期间，冬季里的一天，室外扩音的大喇叭突然没有了声音。军事设施信号中断，是严重的问题。父亲立即向领导汇报，考虑是架设的天线出了故障，天线就架设在师部二楼的外屋顶上，得到领导批准后，父亲带上修理工具，和战友架好梯子就爬了上去。顺利地排除了故障，准备下来的时候，脚踩上了屋顶未融化的雪，整个人就摔倒了，从楼屋脊顶失足快速下滑，一直滑到房沿边时，才被凸起的房檐重重地挡了一下，紧紧地抓住没有摔下来。地面上的战友都惊出了一身冷汗。后来父亲说："整个一溜儿的瓦片都被抓了起来，捡了条命。"

父亲常常提起在师部当兵服役的那段时光，工作是在机要机密部门，自己一个人一个办公室，配着手枪，早上出操后和其他师部的军官们一起进餐。穿衣干净利索是父亲的习惯，白色衬衣每天都要更换，洗干净后整齐地将衣服叠起收好。家中相框的黑白老照片，是年轻的父亲和战友们的合影，白色的衬衫，显得干净利落，清瘦的脸，眼睛充满了朝气，理剪着整齐的头发，透出一副干练的样子。

按照规定的时间进行播报工作，闲暇的时间他就是喜欢看书学习，师部图书馆的书籍很多，只要是书他就喜欢读、喜欢记笔记，学的东西也非常杂，电子类、机械类、修理类等等，这里还包括一些医学的书籍。在我小学的时候，家里还有一本《心理学》的书籍，书封面是彩色的纸，书里的内容也看了不少，但并不理解，有些字还不能完全认识，这也是我早期接触的医疗书籍，可惜的是，后来书的封面被我撕了下来，叠了“啪叽”（piàji）。

父亲经常说“部队是个大熔炉”，他一直感激和怀念在部队的日子。在部队里，父亲的业务水平、知识水平不断地提高，工作期间未出现过任何的过错，得到了师部领导的认可。他的努力也有了回报，提干、调整工作，也都相应地发生。那时父亲随部队驻军到了丹东，换防之后的不久，也就是他准备再次提干的时候，突如其来的一场大病，中断了他的军旅生涯。

那突如其来的大病没有给他一点儿准备时间，正在工作的他，莫名其妙地突然出现三十九摄氏度以上的高热，伴有寒战。师部的军医检查后觉得病情严重，父亲被紧急送到了志愿军总医院（就是后来的陆军总医院）住院治疗。在住院治疗期间，仍旧是反复的不明原因的高热，流鼻血。部队的领导也非常着急，当时请最好的医生诊治，做了腰椎穿刺检查、下肢血管部分切除化验检查，应用当时最先进的诊疗技术，也没有明确诊断，对症治疗。父亲反倒是乐观面对，没有把自己当病人，治疗期间还是读书看报，病情也是时轻时重地反复，严重时已下了病危通知。也许是他的坦然面对，加之医生的积极治疗，持续了九个月后，病情竟然痊愈了。

此时他的身体状况，已经不适合在军队服役、继续工作，需进一步地康养。于是父亲服从部队的命令要求，1962 年的冬季因病复员，他的军旅生涯结束了，回到了他的老家，农安县政府给父亲安置了工作。

闯荡奔波

回到地方的父亲，分配到老家吉林省农安县财政局，安稳地工作。

就这样时间来到了 1966 年，轰轰烈烈的“文革”运动开始席卷全国，父亲受到了牵连，失去了工作。最后决定由父亲牵头，带着年老的爷爷、奶奶，我的妈妈，只有十五六岁的五叔叔和更小的老叔叔，还有尚在襁褓中的姐姐，举家投奔吉林市永吉县杨木镇荒沟村一远房的亲属那里。

辗转一周后到达那里才发现，在深山老林的沟里，四面环山住着几户人家，环境非常贫苦，土地也少得可怜。暂时居住的房屋破烂不堪，门窗露着大洞，紧邻在山脚下，推开门另一山脚就在院子的边缘，夜晚的山林幽暗，母亲都不敢独自外出方便，她说："那里除了烧火木材满山都是以外，看不到其他东西。"在我长大后有机会到过一次那个乡镇，到过荒沟村的邻村，那里的人和我说去荒沟村还有好长一段路，山高林密路也不好走，我就返回了。

父亲山前山后地转了一大圈，查看后感觉这里根本无法养活这样一大家子人，此时再返回农安老家已不可能了。稍作安顿，一周后父亲孤身一人走了二十几里的山路，走出山沟，走出大山，走上了国道，他就沿着公路一直行走，边走边看，就这样来到了我出生的老家——东风大队（后改名东三家子村），观察一番环境后，打听着找到大队部（"文革"时期对村子的称呼），找到负责的大队（村）领导，说明来意。那个时代各方面的约束非常严格，政治审核也很严格，但是信息传递却是非常困难。我爷爷被批斗的事情，到了"文革"结束前，农安县的人才过来调查他，他被带回了老家，询问了一些问题，爷爷也都相应地回答了，没几天就放回来了，当然这是后话。在这件事上父亲总是认为爷爷是冤枉的，传统的家族文化教育，没做过损害别人的事情，他和爷爷后来也都坦然面对。

村上的大队领导问了一些问题，父亲是军人转业，带着因病复员的证明信件，父亲讲了他的参军经历、管理过广播室的经验，正巧大队新买的广播设备，那时人们称之为"大喇叭"，也是非常贵重的大型设备，没人会使用。在"文革"期间，宣传工作非常重要，正需要这方面的人才，但听到当时家里人的状况，老的老、小的小，劳动力不足，落户的生产队里不愿意接收这样家户。我父亲就和大队领导讲，我的爷爷和他还都有木匠的手艺，而且这也是事实，社里也缺少这样的手艺人，在这个情况下大队勉强同意接收落户了。

父亲和大队领导谈好后，就匆匆赶回山里，再一次地准备收拾家里物品，所谓物品就是老式的木制饭桌、凳子、破烂可用的锅碗瓢盆之类的生活必需品，也没有其他家具。我记忆中是有两把木质的太师椅，是爷爷亲手制作的，做工和质量都非常的好，现在应该还在六叔叔家里使用。父亲找人帮助搬家，再次启程，到了村子后办理相关的一些落户手续，给分到河南屯的六社，一家七口人没有房屋居住，在村里的帮助下暂时就在生产队的房间住下了。

搬家四个月后，村里一家姓土的农户有两间草房出卖，面积有五十平方米左右，父亲和他谈好价钱用了二百七十元买了下来，也算安稳下来。父亲在大队部负责广播室的工作，按照一个半农民的劳动力计算工分，秋天按照工分的多少，分配粮食以及其他的物资，也能勉强维持生活。母亲当时照顾爷爷、奶奶和襁褓中的姐姐；两个叔叔都小，在生产队做些小半拉（当时对不是完整劳动力的蔑称）的劳作，记的工分也少得可怜；奶奶小时候家境优越，是裹过足的小脚女人，走路时间长了都不行，记得她常常闹脚（具体是什么病当时说不清，应该是与裹足后正常的解剖位置改变、骨头畸形、受力点不是正常的解剖位置有关），犯病时疼痛难忍，连下炕都困难，在炕上一待就是一两个月才能恢复好；爷爷年龄大身体也不是很好，做不了农活，家里的重担仍落在父亲一人身上。

分家另过

自 1967 年搬到这村子后，父亲辗转在大队部广播广播、村里的学校教书、镇里的朝族中学后勤工作之间。为什么父亲没有同其他的农民一样下地劳动？这主要有两个方面的原因：一是他做这些工作，记的工分多出农民半个分；另一个原因是父亲的独立性较强，他看不惯那些慢吞吞在集体里混的人，社里的农民干多干少没有多大的差别，也没有积极性，所以干起活来可想而知。就是这样村里有些农民还不服气父亲:“凭啥他不下地干活，还多挣半个人的工分？”父亲是在承包责任制以后开始下地干农活的，他说过:“这是自己给自己干，看一看，比一比谁能干过谁？”

随着叔叔们逐渐长大成熟，也能独立劳作生活，爷爷、奶奶身体也都健康起来。那时哥哥也出生了，这两间五十平方米草房难以住下这么多人口，在爷爷、奶奶主持下，进行分家，分家时房屋留给爷爷、奶奶和叔叔们，父亲带着我们一家，在村子中间的位置，找到一间半土坯草房。

早年传统的东北农村的房屋建筑多为坐北朝南，结构一般都是三个房间，黄土脱坯砌墙，稻草遮雨房盖，中间开门，推门进来就是外屋地（厨房），外屋地两侧就是东、西屋了。有的人家在一栋房屋，东、西屋子住着不同姓的两家人。如果是砖瓦结构的房子，在当年就算是农村里的豪宅了。

这样的房屋，在中间的厨房东西两侧各有一个灶台，生火做饭烧炕取暖，灶台的设定有在南侧也有在北侧，相应东屋、西屋的火炕就称南炕或北炕。东北人有很多的生活方式都是围绕着这个大炕展开的，无论是吃饭还是睡觉，家庭的所有人都会睡在这个炕上，吃饭时人们聚在一起，显得非常的热闹。这种炕也是农村冬季取暖最普遍的方式，大炕是用柴火作为燃料，非常的暖和，在寒冷的冬夜里吃着热乎乎的饭菜，谈天说地其乐融融。如今人们的取暖方式变多了，取而代之的是生活方式也逐渐地发生改变了，一家人不经常聚在一起，自然而然的交流方式也就变少了，感情也就慢慢地变淡了，不知道你们是不是这样觉得呢？当时有条件的家庭手压水井也放在屋子里，当然碗架柜（餐具柜）也放在厨房的角落处。

父亲当年是用了一百三十元购买下来了这一间半土坯草房，房屋总计的面积约三十平方米的样子，带着一些生活物品和分到的六百六十元的饥荒（欠社里的钱）。那个年代时常就会有这样的事情发生，辛苦忙了一年，收入不但没有结余，每年还要欠生产队的钱，这些欠款是多年累积的，父亲带着母亲简单地收拾了屋子，从老房子搬到了新家。

耳濡目染

分家独立生活后的几年间，我和弟弟也相继出生了。我们姐弟四人，和现在的孩子比起来人数算是多的，在当年是正常的状态，有七八个孩子的家庭也有很多，计划生育立法是弟弟出生后不久开始的。在我们小时候父母有时说笑，说我的弟弟是“多余”。

父亲仍需承担着包括新家六口人的负担，每天早出晚归地忙碌，闲暇的时间，热心帮助村民们修理各种物件，包括收音机、缝纫机、手表、挂钟等等，都是免费修理，没有收过乡亲的钱。在我的记忆里，没有他不会修理的东西，用传统的火烧加热的烙铁，焊收音机的电路板，修理老式挂钟，调理油丝（和发条呼应）对时。有时人家觉得东西坏得严重了或者觉得修理不好的，就不要了，送给父亲，父亲也不嫌弃，好多破旧不堪的物件，经过他的研究，翻过来调过去动手组装“东拼西凑”都能“废物变宝”。

我家生活一直很艰苦、很贫穷，但我在十一二岁时就有手表戴，是父亲用了几个破旧的手表的零件组装的，走时非常准，我也养成了守时的习惯。现在看时间的方式很多，但我还是喜欢戴手表看时间，这与小时就一直戴手表有关。也是那时看着父亲聚精会神地修理各种物件，耳濡目染便也跟着捣乱似的帮忙，他也不说我们，也不嫌我们烦。印象中父亲从没因为我们损坏家里的任何东西打骂过我们，我们兄弟几个喜欢修理研究各种东西的兴趣、自己动手的能力，和那时他的影响和培养有直接的关系，直到现在做教师的哥哥，在家里还自己设计、自己独立组装家具。

现在讲起来这些看起来好似轻松，经历过贫穷、贫困生活的人会有相应的感悟，还可以这样说，有经历就会有相应的感悟，这感悟或早或晚地出现，或者是或多或少或深或浅，不同人有不同的感悟，说自己没有感悟的这也是一种感悟。这样复杂反复赘述这件事的目的和内涵，也是想说明一种观点：不知道对与错，还是要自己感悟。贫困的生活带给人的思想有正向的，同时也有负面的，正向的积极的人们常常会说“培养了我们坚毅的性格、坚强的体魄、不怕吃苦、不惧困难等等”，诚然这些不可能否定，但是，一定会有另一方面思想的形成，为什么这样讲？有的人在闪躲自身问题，大多数人是这样的：总结谈起他人时看到的问题都很准确，指导起来也都采用正确的方法；而自身内在或者严重一点压在心底的只有自己知道的问题，却极力掩盖、掩饰。自身对自身问题的认知，对一个人的发展影响深远，在社会工作、生活交往各方面，体现明显，不相信也可以琢磨一下。

贫穷带来了一些负面影响，为了自己的生存，产生自私、自利的思想，小偷小摸，蝇头小利也不放过，看到任何东西都觉得是好东西，不会放过。那个阶段在农村生活，都贫穷也没有所谓值钱的东西，一段铁丝、一块木板都会有相应的利用之处，在这些精打细算的过程中，形成的仔细是优点，也是缺点，会使人容易斤斤计较、所见局限、目光短浅只顾眼前生活、产生狭隘的世界观等等。当然与那时的客观实际不无关系，我说的也有一定的片面性，既然谈论这样的问题，就要抛开那些理由，直面这样的问题。

父母对小时候的我们在玩耍、学习上从来不管，但在日常的生活中对我们却是非常严厉，到别人家去决不能乱动任何东西，更不要说随便拿人家的东西，明确说明，那些东西，不是我们的就决不能动，更不能拿，不能占别人的便宜，也常常要求我们凡事要自己多动手，多动脑去思考，自立自强有长远的打算，不能只看到眼前的困难。从小就听他说过这样的话：“损人利己、损人不利己的事情决不能做，要有独立精神，想住楼，自己建，不能靠别人，人做事要有长远的眼光和打算。”

细致的手工操作可以使人变得心灵手巧。家里有一台父亲修好的应用油丝调节的挂钟，有一次，我听到收音机报时，发现有误差了，趁着父亲不在家之际，我摘下来拿出各种工具，学着父亲的样子一件件拆开挂钟的零件，清理后费了九牛二虎之力重新安装，安装完毕后，有一种打了胜仗的感觉，可是望着剩下来的十几个零件，又不知所措地挠着头。父亲回到家也不训斥，叫我重新打开，耐心地教我怎么安装调试，修理好后的满足感难以言表，那个挂钟反反复复的被我修理过十余次，后来就是油丝断了，自己也能想办法调试准它。那是一台老式挂钟，20 世纪 50 年代公私合营期间烟台产，仍在老家的下屋挂着，给发条上劲后，指针仍会转动，还能听到发出的嘀嗒嘀嗒的声音……

动手能力是从小就逐渐培养的，在日常生活中不会因为遇到点问题，就去求人帮忙，家里会遇到好些需要修理的物件，特别是在以前，自己发挥一下想象力，是不是可以修好？现在的人动不动就换新的物件，自己修理的人很少。其实真的没有那么难，慢慢地琢磨，慢慢地动手，修理过程中带来的疲劳、疲惫是另一种快乐。

苦乐相伴

夏季的天总是亮得很早，村子里的人们起来得也早。随后伴随着牛铃铛“咣当咣当”的响声，传来人们上工前的说闹声。新家在村子中央，前后都有村路，总有人走动，隔音不好，在睡梦中也常常被声音唤醒，睁开眼睛时父母都已早起劳作去了。我赖在炕上，蜷缩在被窝里鼓弄哥哥或是弟弟，三个人挤在一个被窝里嬉闹，屋子是南北的炕，中间是土地面，夏天时屋子不冷，疯闹欢的时候，光着屁股，来回地在俩炕之间跳过来跳过去。在小时候的印象里，冬季时屋子里感觉特别冷，特别是在早上，外边已经大亮了，屋子里还黑。看着屋子墙角棚顶结霜的漏孔，透着外边的光亮，赖在被窝里不愿起来，在外屋地做饭的母亲打开房门，带着一股热气腾腾的雾气进屋叫我们“都起来吧！准备吃饭了”，我们就各自找到自己冰凉的棉衣棉裤，匆忙起来穿衣。

妈妈是蒙古族，老家在内蒙古赤峰市翁牛特旗，她和父亲相识在父亲当兵的那段时间。妈妈是在扎兰屯农牧专科学校农业机械专业读书，偶然认识父亲后书信往来八年，父亲复员后才结的婚。她毕业后参加工作不久，随父亲来到农村，没有接触过农活，始终在家里照顾着爷爷、奶奶和后来出生的我们。

我小时候的印象里，妈妈做的饭菜非常不好吃，不管是蒸窝头、玉米面，还是做糊糊粥、烙饼，那种粗糙的口感难以下咽，酸菜还是其他青菜，都清汤寡水没有滋味。

她也有做得好吃的时候，每一年的春节，父亲总会带回来猪肉、猪下水、猪血还有豆油，也有其他一些想不到的食品，那时妈妈做出的饭菜就特别的香，我也把小肚子吃得鼓鼓的。

有好吃的东西，父亲都会请来爷爷，会和爷爷喝上一点酒，聊着天。有时爷爷不过来我家，就会让我们反复去叫爷爷来吃饭，奶奶脚不好，很少出门。这样的情况一直到我们都很大了，看到家里做好吃的没等父母说，就主动去爷爷家叫他过来，后来搬到距离爷爷家较远的村边居住，他走路困难就赶着牛车把他接来一起吃饭，他要是实在不想来，在没吃饭前把做好的菜送到爷爷和奶奶那里。

当时送饭、送菜给爷爷家这件事主要还是以姐姐和哥哥为主，我也送过几次。

为什么是以哥哥姐姐为主呢？他俩比我大是主要原因，还有一个原因也是可笑，我到了能自己玩的年龄，每天都会去爷爷奶奶家里玩，一天去上几次都不记得，玩的东西很多，总会发现新奇的“玩具”，在院里的缝隙钻过来，墙头（墙的豁口）跳过去，有一年的秋季，我四五岁的样子，一次玩得开心，一不小心撞到大倭瓜上，那个大倭瓜生长得比较大，爷爷用木板给托着在半空，掉在地上摔坏了，奶奶正好在院子里，笑着对我说：“看看吧，你还疯不疯了，这个大倭瓜是给你老叔娶媳妇用的，你老叔娶不到媳妇，就怨你了。”我低着脑袋，犯了错误，心里不安愧疚的感觉，蔫吧地走回了家。奶奶的这句玩笑话，当时我是承受不起的，小孩子那种自尊，或者是其他说不清的一些综合因素，导致从那以后我再也不好意思去爷爷家玩了，爸妈安排什么只要是去爷爷家的事我都躲，怎么让我去玩也不去。奶奶也问爸爸和妈妈：“小青子怎么好长时间都不来玩了？”他们也是笑，直到那年的春节在爸爸的带领下去了爷爷家，奶奶还好个哄说我，之后我才又像以前那样跑去爷爷奶奶家玩，但是会注意顾忌了许多，就是长大后到哪里都不乱动东西、注意爱护别人东西的思想形成，与这件事有直接的关系，这件事我也是一直记忆犹新。

记得一次姐姐、哥哥上学还没回来，妈妈用羊油烙的饼，满屋子的香气，馋的得我直流口水，可我却不敢先吃，因为我们家的习惯是每次吃饭都要等大人上桌后，小孩才能动筷子吃饭，要是家里来了客人要等他们吃完后，才能上桌吃饭。妈妈烙饼已经有好多张了，用铝盆装满用布盖好，让我给爷爷奶奶送去，然后回来吃饭。爷爷奶奶家也在村里，距离有三百米左右，我拿起盆撒腿就跑，用另一只手捂着那块布，不让饼掉出来，到了奶奶家上气不接下气对奶奶说“奶奶，我妈让我给你们送来的羊油饼，让你们趁热吃”，放下盆子转头就往回跑，奶奶对我说什么也没听见。跑到家时姐姐、哥哥还没回来，才松了口气。

我一直记得那个饼的味道，我姐姐不喜欢吃羊肉，她说羊肉膻味不好闻不好吃，我却一直没有她说的那种感觉，那个羊油饼真的非常非常香，遗憾的是长大后就没有再吃过。

山清水秀

我和哥哥、弟弟后来都是在这个村子里相继出生长大的。

村子被一条宽宽的河流分为两个自然屯子，长长的大河从东向西流动，注入松花江中。这条河具体名称和来源不是很清楚，应该是因为总有牛羊在河边饮水，人们都称呼这条河为“牤牛河”。村民的房屋就建筑在河的南北两岸，互相习惯称之为河南或河北。河北屯有一条国道 302 穿过，油漆路面紧邻在山的脚下，山的北面就是“老玉山”的原始森林，山高林密，空气清新，每到春季各种各样的山菜都下来了，村民就上山采菜。河南屯集中居住着大部分的农户，山林距离村子相对较远，耕种的土地平坦，大部分水旱田都主要在这边，那时一年三季都可以看到人们在土地上辛苦劳作的身影，在田间耕种、锄草、收割的农忙景象。

夏季的河水清澈透底，在那个时代里没有任何污染，水里鱼也特别的多，大大小小的鱼一群群游过，村里的人常常在这里捕鱼，当然这其中也有很多小孩子。聪明的村里人发明了多种捕鱼方式，用渔网捞鱼、单纯用手在石头下摸鱼、用大铁锤击打石头把鱼震晕捉鱼，这些方法大家都能明白。最妙的方法是用鱼筐接鱼，就是用石头、树枝等拦住大部分水流，留下一个出口，然后把鱼筐固定在出口处，或是随便找到一个支流小河，固定好鱼筐，等鱼自投罗网，这种方式最省力气，捕到的鱼也是最多的。父亲在我家院子前的小河中，一个晚上就接到满满两大缸的各种小鱼，偶尔有些大鱼也在其中。我和哥哥、弟弟也喜欢捕鱼，除有乐趣外，主要是为贫苦的生活增加一道菜。随便用什么方式捕鱼，都会有不少的收获，主要是当时河里的鱼真是太多。

村里的大部分孩子都因为有这条河，自然而然地学会了游泳。虽然姿势不是标准的泳姿，但游起来也是飞快。每年的雨季河水就会泛滥，我们那会叫涨水，浑黄的河水冲进耕地里，冲毁庄稼，地势较低的农家院子里就会进水，园子里种的蔬菜也泡在水里。一两天的大水浸泡，损失不大，可一旦有时连续几天下雨，庄稼和蔬菜就都死掉了，这样的情况也是几年才会出现一次。记得最严重的一次涨大水是在 1983 年的夏季，连续几天的大雨河水猛涨，这条河的上游就是一座中型水库，水库的水位不断增高，镇里也来人通知不断告急，有可能会有更大洪水到来，做好撤离的准备，父亲抓紧时间在牛车上用塑料布做了临时的“房车”，河水这时已经开始进了院子，一家人坐着“房车”躲到地势较高的地方住了一夜，那一次洪水进屋上炕有十厘米左右。小的涨水经历的次数就多了，人们也不那么在意。

我们姐弟四人也都学会了游泳，平时父母也不管，随意地无忧玩耍，他们也不在意怎么玩闹。只有涨水的时候，才担心我们去那条大河里游泳。我有时会偷偷背着他们，跑到架在河上三四米高的吊桥中间，和其他的孩子往水里跳，顺着水流游出好远才能上岸。有一次跳下吊桥在水里用力地游着，河水涨得比较快，水流急，我快没力气了，距离岸边还有一段距离，实在坚持不住了，就停下来想站起来，水一下就淹没过头顶，呛了几口水，吓得慌了，手脚并用使出最后的力气，噼里扑通地扑腾到了岸边，紧紧地抓住岸边的伸入河中的柳树条，大口大口地喘气。每过几年都会听说这条大河淹死了人，父母知道我们又去大河里了，也会训斥一顿，吓唬一下，但却看不住我们，然后我们继续去河里玩耍。

东北冬天特别冷，冬季里河水封冻后，孩子们就来到结冰的河上玩耍，都会自己做一些在冰雪上玩耍的，也可以叫作玩具吧，有冰爬犁、冰鞋。玩起来滑动最快的也是最炫的就是冰车，由单独的冰刀加工做成，蹲在上面，需要平衡好，双手紧握两只冰锥，支起来滑动又快又稳，小伙伴们你追我赶地追逐竞赛，遇到冰面上小的沟坎，也能得意地跃起飞过。也有糟糕的时候，快速地滑动，突然发现河面上断裂的冰面，刹车来不及了就滑落在水中，冬季河水不深，浑身湿冷的赶紧从水里爬起，就往家里跑去。父亲有木工的手艺，给我们都做了最漂亮的冰车，贫穷落后的年代，孩子们没有什么玩具，冰车带给我们无尽的快乐。

成年以后，我到过好多地方，也去过一些有山有水的景区。无论导游怎么讲，怎么样描述，我见到了山水也没有感到多少新奇，在心里总是觉得家乡那里才是山清水秀，也就是在这有山有水的清秀山村，在父母含辛茹苦地养育下，我们一年又一年慢慢地长大。

欢度春节

和那个时期的小孩一样，我小时候最喜欢过春节了。

春节的前几天，都会兴奋得不行了，有好吃的，小孩每隔一两年还能有新衣服穿。一年辛苦采野菜喂的猪也长大了，年前的冬日，选个好日子，邻居们互相帮忙杀年猪，忙忙碌碌一上午，卖掉一半的猪肉，增加一些经济收入，另一小部分猪肉送给亲属，留下来的春节期间食用，炼的猪油够大半年做菜使用，用猪油炒的豆角是最香的，有时没有菜吃，就来一小勺猪油放在热的饭里，拌一拌，吃起来也是香香的。

春节前的几天也是父亲最忙碌的时间，提前几天就准备好多彩纸，买好了墨汁。毛笔家中总是有几支备用，也是从那时候起我开始能分清毛笔是狼毫还是羊毫。年三十的上午，家里会来很多乡亲找父亲写对联。父亲小时候上过四年半私塾，从小练习书法，他称之为毛笔字，平时闲暇时他也会找些旧报纸练习一下书法，也指导我们几个孩子写上一会儿。我是急性格，小时

候耐性差，所以写出的字也是最差的。家里的大哥受到父亲影响较多，虽然他自己写的不是很好，但“对书法的研究还是有独到之处”（书画家语）。

老家的农村春节家家都要贴对子（就是对联，东北老家的称呼），没有贴对子的人家，准是近三年有人过世了，所以家家有钱没钱总要买上一张大红纸，家里有几个门就要贴上几副对联，把对来年的美好期盼都赋予在这其中。我们几个小孩也都帮忙，根据每家的不同要求，用细丝线切割出相应的整齐条幅，父亲站在桌前，脑中的对联词语就落在红纸上，还有余下的红纸写上大大的“福”字或是几个条幅，挂灯笼的杆上会贴上“抬头见喜”“出门见喜”，猪圈贴上“肥猪满圈”，鸡窝贴上“金鸡满架”，仓房贴上“粮食满仓”，家家如此。写好的对联交给来家里的人们，谁家多、谁家少也不在意，互相地客气推让，又在开心的说笑中离去。

各种颜色的彩纸也派上了用场，父亲用刻刀一刀一刀地、小心翼翼地认真刻上各种图案的“挂钱”。这是对联中贴在横批下面的装饰，一般要贴上三张，不同颜色，不同图案，随风飘动，这也是春节里最有节日色彩气氛的装饰。来的人如果家中没有就送给几张，那时村子的人家很多，会写毛笔字的就有几个人，因为父亲开朗随和的性格，除了周边的邻居家、附近人家找他来写的，还有距离好远的人家也跑过来写对联。父亲从来都热心帮助招呼着，他还会根据不同的家庭创造出不同的对联用语，有喜庆的、祝福的、励志的等等。家里的房屋虽然破旧，但在几面墙上都是父亲写的条幅，是在大白纸上写的毛笔字，现在依稀还记得几张纸上的词句：“书山有路勤为径，学海无涯苦作舟”“书香门第春常在，劳动人家庆有余”“山重水复疑无路，柳暗花明又一村”“浩瀚大海细流汇，渊博知识靠积累”“忠孝传家久，诗书度后人”。这些都记忆在脑海中，不用背诵就会想起来，也潜移默化影响着我。

贴对联的时间也是有要求的，是在年三十的上午完成。总有匆匆忙忙来找父亲写对联的人，打乱了时间顺序安排，我家总是最后一个贴好对联。母亲早早起来在外屋地忙乎准备饭菜，贴对联的糨糊（用白面熬出来的有黏性的糊状物）也准备出来，放在大碗里，送走最后一个写对联的人，父亲就会带领当时还小的我们张贴对联。

这样的情况一直持续很多年，随着条件环境的变化改善，需要书写对联的也越来越少了，村民在春节前赶集时买上几副对联，后来我们也买过对联，但总觉得缺少了一些乐趣似的。贴好对联后，他还会抽出时间，给我们每人都做上一个小灯笼，用高粱秆做的框架，用红纸糊好，在底座放上一小节蜡烛，到了年夜，就点燃蜡烛，借着微弱的光照亮道路，欢快地去爷爷奶奶家，给他们磕头拜年。

丰衣足食

历史车轮滚滚，发展的脚步无法阻挡，农村土地改革带来的巨大变化有目共睹，但开始总是艰难。1979 年以后家族联产承包责任制逐渐在全国推广。这时的父亲已经被选举为生产队（社）队长。中华人民共和国成立后农村生产合作社，在早期适应社会的发展，对国家的农业发展起到了重要作用。随之而来的，也养成了一些人懒、靠、要、等的思想，后期严重影响着农业生产的发展，使解决温饱问题都成了困难，一个新的思想新的制度的到来，同时也会触及一些人的利益。在农村里，那些习惯于混在人群中的，混日子不出力的，得到好处还多的，不喜欢分田到户单干，不想凭自身力气吃饭创造生活的人大有人在。每年辛苦劳作种地打下的粮食，竟然养不了全村的农户人口，还要吃国家的返销粮救济。

最初父亲在大队做广播员时，虽然记了工分，可是没有直接在生产队劳动。这时农民的一些狭隘意识也会表现出来，每次生产队分粮食、豆油、猪肉等一些物资时，都是最差的最坏的分给我家，每年有大部分时间，家里要一直吃玉米加工的粮食，年年粮食不够吃，只好用大米换成多一些的玉米，勉强维持着。那时的玉米加工也没有现在这样精细，粗糙得很。母亲变换各种做法都难以下咽，只是饿得难受，不吃不行。长年累月地吃这些杂粮，倒没有造成我们发育不良，只是那个口感、下咽时的不舒服感，使我在长大后无论别人怎么说玉米好吃，都不想再吃一口。

深冬季节已是非常寒冷，由于气温太低，空气中有一点儿水分都会被冻结，天空中飘着清雪，这种清雪不是像雪花那样大的晶体，而是只在最寒冷的气温下才会出现，加上贫穷物资缺乏，保暖也差，手脚冻伤是常有的事情。孩子在小时候都比较贪玩，身体感觉不到冷，不知不觉手脚就会冻伤。冷、热环境改变，冻伤的手脚奇痒难忍，我手脚冻伤的瘢痕，至今还隐约可见。

这个季节，在生产队里的社员，仍在不紧不慢地打稻子（水稻脱粒），然后不紧不慢磨成大米，按家、按户、按照工分开始分大米。听到要分大米了，我和母亲兴冲冲拉着爬犁，去生产队的磨米加工厂房领粮食，看着别人家一份一份，装着各自家户分配成堆的白白大米。我们被指到一堆没有完全成熟的水稻和磨出的米（碎米）堆旁："看啥？那些不是你家的，这些是你家的！"这个声音和当时那些人的嘴脸，一直停留在我小时候的记忆里很久很久也没有消散。

就是这样的米也不能常年吃上，还要搭配各种杂粮勉强维持不被饿到。有时另一个生产队，由于他们队里的土地肥沃产量较好，我的二舅还时不常地给我家送些米来。二舅是典型的农民模样，辛苦劳作养家出力，老家在内蒙古，也就有了"小蒙古"的外号。是父亲帮助他在这里定居安的家，成家结婚生子。这样的远近亲属也逐渐有几家，包括我的九大爷一家（我父亲亲叔辈兄弟共计十九人，我父亲排行十五，常常听到十五叔，以后又有十五爷、十五姥爷的称呼出现）、五大爷的儿子五哥一家、二姨一家等。随着他们的到来，以及他们和周边的人也有结亲的，屯里屯亲就逐渐多了起来。

在 1982 年冬季父亲力排众议，首先在村里把我家所在的生产队进行分田到户。分配的土地、牲畜、劳动生产物资，是按照人口分配的。虽然和爷爷奶奶叔叔分家了，在分配物资时，父亲还是把一些农具物资大多给了叔叔们，我家只是分配了土地、荒山，并且同很多农户一样也没有分到种地的牲畜。第二年刚开春，雪还没有化，父亲同村里另一个人，就外出为乡亲买耕种的牲畜。父亲来到他出生的老家农安县，凭借自己的办事能力，连买带赊欠三十几头黄牛，用了一个月的时间，赶着牛群回到了家里，风吹日晒的，回来让人第一眼已经认不出他了。我们家也终于有了一头自己的黄牛，靠这头牛，在父亲带领下，全家一起上阵出力，父亲在后扶犁耕地，母亲在前面牵牛，我们几个孩子跟在后面，把翻出来的石头拣出来扔到地头，一家老小全部都上阵劳动，完成了第一年的劳作，带来巨大的粮食丰收，也就是从那一年开始，终于可以每天吃上大米，可以吃饱了，不用再为吃发愁了，这才真正解决了一家的温饱问题。

同时分配到户的荒山，大部分农户改成种粮田地，父亲到林场苗圃买回了几千棵落叶松的树苗，和母亲一起带领我们四个孩子把树苗种植在荒山上，这些树现在已经长成了大树，成了树林。我的劳动能力，也是从那时练就成的，当时年龄小，没有体力，四个孩子所能做的是微乎其微的，但是父母也是带领着我们一起参加劳动，总是鼓励、夸奖我们，得到父母的赞赏心里高兴得不得了。在植树时父亲说:“前人栽树，后人乘凉，这些树就是给你们自己栽的树。”当时我们是不会理解这些话的含义，但是树立起的思想是在潜移默化中一点点形成的。他非常耐心地教授我们劳作的方法，这方面我也许是特殊一些，和父亲学到了所有的农村耕作技术，后来都能完全掌握熟练应用，我勤快、利索、干净的作风，也是从那时就逐渐形成了。

教书育子

在孩子成长教育问题上，父亲虽然每日奔波忙碌，但却从没有忽视过。

记忆中父亲从没有骂过人，没说过脏话，但打过架，对我们几个常说的话：“说话要算数”“不能欺负人”“打仗要打得有理，打得有利”。在当时没有现在电子产品之类的，也没玩具，小孩子玩的东西却不少，藏猫猫、战斗模仿、玩泥巴、扇啪叽，跑跑闹闹，总是会想出不少的花样。男孩子之间的矛盾也多，解决的方式就是打架，打哭了或跑了，就是输了，只要没有太严重的外伤，家长也都不在意。谁家要是太在意，家长去对方家里找了，时间长了村里人就会说“护犊子”，引的孩子们都不会再和这个孩子玩。我们哥三个有时也会和村里的男孩子发生矛盾，具体是什么矛盾也说不出来，不是你撞我一下，就是我推你一下，要么就是趁你蹲在地上不注意，从你头上跨过去，叫“迈骚”，意思就是你不能再长个了，然后站起来就去追人家，一阵的打闹，弄急眼了就真的打了起来。有一次村里一个比我们年龄大好多的男孩子——四五岁的样子，从我蹲着的头上“迈骚”，然后就跑，这个要是同龄的孩子之间玩还好，大孩子那是欺负人。我招呼哥哥还有弟弟一起就去追他，追上后就打在一起，他个头高，我们打不过他，哥哥拿个木棍一下打在他的后背上，给他后背打坏了，他哭着跑回家去了。晚上在外边玩累了，我们也回到自己的家里，那个男孩子的父亲带着他，来我家里告我们的状，我们也吓坏了。那时父亲在家里总是备有一些消炎粉，就是消炎药磨成的粉，我们经常受伤，就撒伤口上一些，很快就好了。父亲给那个孩子也上了消炎粉，对他的父亲说“你家这么大的孩子，欺负我家孩子，要是还有下次，别说我和你不客气”，父亲表情比较严肃。对方孩子的父亲一个劲说“行行，我以后好好看着”。他们走后父亲没有批评我们，对我们说“你们哥们要好好地学习才有出息，要团结起来，什么都不用怕”。

家里的姐姐是最大的孩子，也是听话的孩子，上学、初中毕业后工作、结婚、生子、过日子，孝顺双方的老人等等，都按部就班去做。做教师的哥哥是学习成绩最好的，好的程度是从小学一年起就没有拿过第二〔全公社（镇）排名〕，初中时的数学老师都找他一起研究难题。他学习规规矩矩认认真真的，发展也是同样，直到大学毕业、工作，选择上师范类学校也是因为家庭困难，师范学校有补助。我次之，然后弟弟是学习成绩最差的，他主要是好玩闹，打打闹闹，喜欢武术，在这不谈他的学习，谈这个有些破坏兄弟情谊之嫌，还是讲讲我自己的坎坷求学路吧！

我们四个孩子陆续进入小学、初中，然后考学，升学。当时学费真的不高，但是那个年代，孩子多，单靠父亲一个人的低收入，只够勉强维持家庭的生活，其他人家也好不了多少。在这样的环境下，多数的农村孩子，小学毕业就开始务农帮家里劳作，有的甚至还没毕业就不再念书。父亲母亲是极力供我们上学，只要你念书他们就供，当时真是“省吃俭用”！

我上小学是在村子里，离家不远。考入的初中在镇里，距离家大约有十三四里。早上起来洗漱收拾后，六点就和哥哥还有村里其他几个伙伴去火车站，有自行车的家庭还是比较少。夏季下雨天，孩子们就披着一块塑料布遮雨，走着泥泞的田埂小路，一天都会穿着湿鞋在课堂。冬天的早上那个时间天还是黑，走在厚厚的积雪上，风刮在脸上，刀割一般，两手揣在袖口里，缩着脖子，去赶火车。

火车站在另一个村子边，离家三四里地远，每天早晚一趟火车固定时间停靠一两分钟，那时称呼这列火车为通勤车。所谓的火车站，就是一侧路基相对较宽敞些，没有站台。小一些的孩子，抓住火车的门栏，其他的大人看到后也推一下才能上去，坐一站后就到了镇里的车站。也都不买车票，列车员偶尔检查车票，看到一帮小孩子也不理，有时会有男的列车员故意吓唬一下，对着我们故意大声地喊“把车票都拿出来”，然后故意往我们这边慢走，我们看到了就在车厢里乱窜逃跑了。

放学的时间都在下午，回来的火车要到晚上六点才到镇里的车站，放学的孩子就三五成群往家走去。有时在公路走，有时就在铁轨上走，在铁轨上走需要好的平衡能力，哥哥能连续在铁轨上走好远，直到有火车驶来才下去，走路呈一条直线是有童子功基础的。我也在铁轨上走过，我数过，我走得最远的一次能走了五十多节铁轨。

刚开始上初中一起走路的孩子一大帮，后来越走越少，到我上三年级时没毕业剩下的就是个位数了，大多孩子早早地就不读书了，和大人参加劳作去了。

贫困辍学

我在初中时一切也还算顺利，后来升入的高中在距离家里六十多公里的外地，需要住校。

那时家里温饱已不是问题了，但是农村的经济收入微乎其微，没有多少家庭是富裕的。家里孩子读书的钱只能靠秋后卖些粮食。暑假期间和母亲把自家产的蔬菜拿到市场，也增加一点点的收入。每年春季种地所需物资的购买资金，实在没有还要靠向农村合作社贷款来维系。这样的情况让已逐渐长大的我，在外地高中学校艰苦地生活学习的同时，也感到压力，产生了不想再上学的念头，加之学校又要发生变迁，与另一学校合并，学费和其他开支让自己极其汗颜，那种感觉对于一个年少的学生来说，是说不清楚，也是说不出来的痛苦，只有感同身受的人能够体会，我只想回家。

那次回家的时候，下了车，自己是背着木质的箱子，从村边的田地走回来的，不想走大路，怕遇到别人，说不出是沮丧、苦恼、无奈还是解脱，心里千般滋味说不出来。我回到家中鼓起勇气和父亲说："爸，我不想念书了。"他看着我并没有责备什么，只是说："你不用考虑太多，只要你念我就想办法供你。"我又坚定地说："我不想念了。""那不念你能做什么呢？只能暂时种地。"

在多次谈及或回想这件事时，自己真的一点儿都没有后悔过，如果有上天眷顾这样的事存在，我要感谢上天，能让我有了当时那个决定，能让我在那个时期，帮助父母共同为家庭做出了一些贡献，分担了他们身上的一点儿重担，让他们有些轻松的感觉。也正是在那段时间，我和父母有了更多的亲密接触和默契的配合劳作。

那是一段看似简单的辛苦劳作的日子，农业生产文化和内涵，也要认真学习体会才能掌握。也正是在那样的日子里，同父母时刻在一起，对他们有了更多的了解、更多的理解。“不养儿不知父母恩”，我们有多少人可以说真正了解这句话的含义，理解父母为儿女所做的一切，没有多少人吧？也正是那一段日子，让我学会了劳作的技能，体会了劳作的辛苦，付出了劳作的汗水，收获了丰收的喜悦，强健了身体以及培养了吃苦耐劳的精神。那是一段极其快乐的时光，其乐融融的家庭氛围那时我才真正体会。

在家劳动的少年也到了爱美的年龄，我逐渐有了爱美的心。劳作穿的脏衣服到家就换洗，不管多累都要弄干净了才吃饭，头发也整理得整齐，不喜欢也不习惯留长发。每次都是父亲给我理发，手巧的父亲理发当然也不在话下，他能自己给自己理发，后边头发由母亲代劳，母亲也学会了理发，再后来我也学会了，帮助父亲或母亲理发。一次父亲在地里劳作没回来，我先到的家，洗完满是灰尘的头发看到有些长，就让母亲给我理一下。母亲的理发手艺一般，理好后我照镜子一看，我俩都憋不住大笑，这时父亲还没回来，我就找个帽子戴在头上，骑上自行车去地里叫他。他看到我：“你怎么又来了？”我神秘地和他说：“爸，走吧！走吧！我用车带你。”“什么事？”“你别问了，一会告诉你，快快！”回到家我脱下帽子，他看到我的头发哈哈大笑，然后洗洗手重新给我修理了被母亲理的高低不平可笑的头发。

饮酒解忧

秋天到了，有我和父母共同劳作，家里多承包了一些田地，粮食丰收，卖了粮食，收入不少钱，父母也会给各个孩子买些穿戴的衣物。那时姐姐也参加了工作，学会了做服装的手艺，做些新的衣服穿，屋里、院子里收拾得干净。这个房子是在分田的前一年，父亲自己找的房场，村里人出工帮助盖的，环境改变了不少，这个在后边有详细的描述。冬季时家里母亲养的鸡鸭鹅猪也都长成，春节时还能杀头猪吃肉，哥哥、弟弟都在家，一家人享受那时的欢乐气氛，父亲开心时也会多喝一点白酒。

父亲喜欢喝点酒，特别有客人来的时候，他喝酒后就会去睡觉，从不闹事。自己控制着酒量，一点儿点儿地倒酒试探着喝酒，觉得可以了，谁劝也不多喝一口，到了晚年，更是这样子。他常说："酒喝多了除了伤身体以外，还容易耽误事情，在酒桌上答应人家事情也一定要记得。"或许是受父亲对酒的态度和喝酒的方式影响，我们哥几个喝酒都还算是有分寸。承认有喝多的时候，那只是极少数情况下才发生，也有在喝酒时答应的事，第二天就马上去处理。有一年我从北京回吉林，朋友请吃饭，喝酒的酒桌上一个朋友的朋友餐前注射胰岛素降糖，大家看到了开他的玩笑。医生职业的缘故，我随便就问了他一句："你监测血糖了吗？是多少？"他说："这几天也忙没去医院，具体也不知道是多少？"我说："现在有简易的家用血糖仪啊，买一个随时就检测了，等我回北京给你邮寄一个。"一周后我到北京买了一个血糖仪邮寄给我的朋友，让他转给血糖高的那个朋友，接到血糖仪时我的朋友打电话给我："这是给谁的？"我说："是给你那个朋友的。"他问："什么时候说的事？我怎么不知道。"我说："我回家在一起喝酒那次。"他说："我还以为你开玩笑呢，当真了！"我说："那是你的朋友，我答应的事，就必须给办好，他不认识我，和你是朋友，我不想过后他说，你交的朋友说酒话不办事。"我一直就是这样的态度喝酒，也是按照这样酒后的态度对待别人，自己的体会——酒桌上真的不能多说话啊！

我参加工作以后，也会经常带些朋友来到家中，父亲和母亲都开心地忙前忙后的，做饭备菜。我也是喜欢看到他们忙碌开心的样子，即使是离开老家的城市多年后，每次回到老家那里，我都要约些老家那边的朋友，来到父亲家一起吃饭，让他感觉到儿子在外边做得很好。小时候他也常说"头十年看父教子，后十年看子交父”，两个不同字同音的“jiāo”字有着不同深层的含义。做好了饭菜，他也陪我这些朋友喝些酒。朋友们对我也是非常了解，每次都来家里和父亲喝酒。父亲开心地陪着喝会，自己觉得好了就说“你们慢慢喝吧，我不喝了”，然后就下桌，看着我们喝。其中有几个在老家的朋友，也是非常重感情的人，去家里的次数多了，和父亲交往熟悉，办事路过父母家的时候，或者是年节的时候，也常会到父亲的家里，买些水果蔬菜之类的看望我的父母，陪父亲喝酒吃顿饭然后再离开。他们走后父母就会给我打电话过来，对我说谁谁今天来看他们了，吃的什么饭，每次从电话里都能感受到他们的那份喜悦。

我们姐弟四人从小也愿意看父亲喝酒，多数都是在晚饭时少喝一点儿，轻松地给我们讲一些故事。他小时候的事情，当兵时候的一些事情，我们都喜欢听。弟弟也许是受父亲的故事影响，从小就有了军人的一些表现，喜欢做玩枪当兵打仗的游戏，父亲给他买了顶大盖帽，整天戴在头上，喜欢的不得了，性格也受到些影响。小时候村里来照相的，拍了一张全家合影的黑白照片，弟弟站在第一排，笔直地站立，两只小手用力地伸直靠紧大腿外侧，脸上严肃的表情。在父亲的鼓励支持下，弟弟在长大后也参了军，有过四年的军旅生涯。

家庭生活虽有些艰苦，母亲却总会想办法给父亲买些白酒，散装的白酒不是很贵。小时候对酒的理解不是很明白，长大工作后与人交往多了，发现酒的文化很深厚，也理解了父亲当时喝酒的状态。从我记事开始，那么长时间，那样的艰苦环境里，从没有听他说过抱怨的话，我听到最多的是他说的一句话：“再有十年吧，咱家就会好起来的！”父亲总是乐观面对生活，从不谈生活艰辛，在外边的艰难事情也是独自承受，不知道那时的他，是不是在喝了酒后，在酒精短暂的麻醉下，也能感到片刻的轻松呢？

成长起航

生活使每个人的状态不同，每个人对待生活的态度也不同，但生活对每个人都是公平的。

再一次离开父母身旁，走进学校读书是几年以后的事情了。“文革”结束好多年了，在农村消息也是闭塞，知道的政策要晚上几年，对政策了解知道一点儿后，母亲给单位写了一封长信，将她的事情反应给了当地信访部门。过去了好长时间，一天接到了母亲原单位的信件，她在“文革”期间，因一些事情被单位开除工作，这个错误被给予纠正，还给了一定的经济补偿。这时哥哥参加工作，弟弟在当兵，除了种地以外，父亲在村里做了村主任，后来又到吉林市一家企业工作，我在村里做民兵连长、团书记、出纳的工作，增加些收入，家庭条件也有了较大的改善。

一天我从外地回到家，父亲正和母亲吃晚饭，他让我先吃饭，在饭桌上和我说：“你现在各方面工作做得挺好，但我看还得学习，学历太低，人没文化不行，你还有没有学习的想法？还想不想上学？我身体还好，再累几年没事。”现在想起来我当时是不是迟疑了一下，还是没有迟疑，应该是没有想就随口说：“当然想上学啦！”就是这样，通过父亲办理，我又再次返回到学校，随后参加高考，考进医学院学习，毕业进入医院工作。

在家务农的那段时间，受家庭的影响，我一直保持持续学习的习惯。父母只要是有空都喜欢读几本书，条件改善后，每年都会在邮局订阅报纸、杂志，邮递员隔天报纸或隔月的杂志就会送到家来。哥哥在师范学校读书，寒假暑假也会带回不少从图书馆借来的书籍，读的书虽然不是学校考试知识的书籍，但知识的积累是相通的。我读遍家中所有的各类书籍，或者说是读了几遍。哥哥带回的书越来越多，放假结束没读完的书，也会暂时放在家里。没有其他的娱乐，我只是看看电视，然后就是看书。读书是一种习惯，书中的知识内容、内涵有时是讲不出来，只有读了才能体会出，有的书在一定的时期没有看，也许就再也没有机会，或者是有机会却没有兴趣读下去了。我也读了不少书籍，古今中外的，当代的、古代的名著、小说、诗歌、散文等等，《红楼梦》当时拿到手翻了一下，想以后再看吧，先看别的书籍，就错过了没有看完整过，以后也有时间也有机会，不知为什么就是失去了读它的欲望和兴趣了，直到现在买后还在家中书柜里崭新放着。

上学的过程很顺利，参加补习班，参加全国高考，考进了吉林医学院临床医学系，毕业留在城里医院工作。为什么报考医学院校？读医学？如果细心的话会发现，我的大爷爷是医生，我的大爷（父亲的哥哥）是他亲自教授中医知识带出来的，主要都是用中医诊疗病人。父亲那时常说："你们这一辈还没有一名医生呢。"一是受家族这方面的影响，还有父亲对我说过："你最适合当大夫。"我问："为什么？"他回答："因为你勤快，干净，讲究卫生。"

也许会有人在年少时，就树立了人生的远大理想，但是大多数的人还是受家庭父母的影响，按照他们的一些思想去做事。现在的年代会有些孩子的意愿参与，主体改变也不会太多吧？在我当时的思想中，把当大夫作为了发展方向，也是按照这条路一直走来的。每每谈起或是想起这件事，如果当时没有父亲对我的要求，没有他的主见，没有他的坚持读书才能出息的理念，不会有我目前的一切，这包括精神层面，以及世界观、人生观的形成，个人的发展，等等。也许会向另一个方向发展，但可以肯定地说，读不读书对一个人的影响，是其他方法代替不了的，在这问题上我不与人争论。

田园小院

一个人的成长进步需要付出努力和汗水，也需要培养，古话说得好"十年树木，百年树人"，就是这样的道理。

父亲喜欢种树，也爱护树木，随同分田到户那年种植在荒山上的树苗，现在早已树木成林了。在老家院子里也有棵大树，树冠庞大，树枝整齐，树叶大片深绿，是北方常见的树种，称之为水曲柳。酷热夏日里父母常常就坐在树下，聊着他们的故事。饭桌就放在树下，从自家园子里采摘下来蔬菜，做好了饭菜，在树下慢慢地品尝着。来家的亲朋好友，坐在树下遮阴聊天，在树荫的庇护下，享受那份清凉、那份安详，亲切地交流。

哥哥、姐姐、弟弟就在老家附近的城市居住工作，交通方便，回去的次数也多；我独自在外地工作，每年也会回到那院里几次，看望陪伴父母。院子周边安安静静的，焦躁的心情只要躺在炕上就会变得踏实平静，城里的朋友都比较了解我，这时三三两两的也会过来，坐在院子的树下谈天说地欢快喝酒。父母看着我们，高高兴兴忙前忙后地做饭、做菜，院子里一下热闹了起来。

现在的院子是在原有房屋的地点扩建的。第一次建房是 1979 年夏初，在村中的狭小房屋破旧得越来越严重，到了修理都困难的程度，而且周边都是邻居的园子地，无法扩建，父亲就有了自己重新找房基地建房的念头，这也是父亲第一次建造自己的住房。

选择房基地时，他在村里四处找地方，看了几处都不满意。在村东边有一块荒地，距离村中心较远，凸凹不平的沙石地，没有道路，前面还有一条小河，是村中那条大河的分支，比较荒凉，前面都是庄稼地，没有人家阻挡，别人家都不喜欢、相不中的地方，在父亲的眼中却是极佳的地点，父亲说这里敞亮。此时的父亲已经到镇里的朝鲜族中学工作了，他就利用早晚下班的时间，开路平沟一点点修正平整房场。对于现在的人来说，那一点的沟沟坎坎用上机械有几个小时就修平整，而当时完全是靠人工修整，连马车牛车也没有，正是农忙的时间，人们都在地里忙耕种，也没有人有空帮助。

平整后开始打地基，没有过多的钱，只好自己动手去干，父亲四处张罗弄石头、弄黄土，找人有空的时候，用牛车拉过来。那时人与人之间都是互相帮助，不存在给钱雇用的事，你家有事我帮忙，我家有事你帮忙。地基是用花岗岩石头堆砌的，当时有石场在河北的山脚下，通过找人帮助把石头拉过来的。

墙体是用谷草蘸和着黄泥编花垒建的。这样的建筑牢固、保暖，就地取材也是省钱。编草垒墙那天，早上天刚亮，赶在村里生产队上工之前，来了好多帮工的人，挑水的挑水，和泥的和泥，把大把的谷草放在和好的泥里，光脚用力地踹，直到草上蘸满了黄泥，再拧上几道劲儿，一层一层从地基往上垒，起到一定高度，要等待几天晾干后再继续，否则就会被自身的湿重压塌。每次都干到生产队快要上工的时间了，就有人大喊“走了，上工啦”，也不吃饭也不喝水，就一哄而散都走光了。剩下父母我们收拾一下周边的各种杂物，这样反复的一个月左右，上了房架子上了水泥瓦，房子也就有了模样，窗子那里还空洞洞的，没有钱买窗子，父亲在单位里和领导说了，把单位淘汰下来废旧的窗框、窗扇要来，重新破拆组装，安装在新房子上。

房子盖完总计花了二百七十元钱，我们又有了自己的新家。父亲逐渐把房屋完善，里外墙面粉刷上白色的石灰，房屋看着整洁明亮，前后的院子修复平整，种植一些花草。在宽敞的院子里，我们可以玩各种游戏，一条小溪从院子前流过，那是种水田的小溪水，河水清清，时不时还有小鱼三三两两游过，还可以洗衣玩水。溪旁长有青青的小草，还有一棵小树，有一米左右高，手指粗细，秋日收割庄稼时，被拉地的马车挂断了，父亲用几根树桩，将折断的小树扶起保护了起来。

以后的大部分时间，父母就是在这房屋里一直居住着，孩子们也纷纷长大成家立业，离开农村，参加工作，结婚生子，条件改善了父母也不愿意离开这里，仍旧劳作，种粮食、种菜、养鱼、养鸡、养猪，一样不落。每当我们或亲朋好友从外地或是附近的城里过来，他们都很开心，忙前忙后地准备吃喝的食物，离开时都会把菜园的蔬菜采摘下来，让大家带回家品尝。

父母非常理解几个孩子，有时也会挤上公共汽车，来城里看看我们，看看我们的孩子。我们也会尊重他们的想法，喜欢在哪里，哪里舒服就在哪里，虽然在城里买了楼房，但心里总觉得那里才是自己的家。我们也愿意回去，特别在春节期间，回家过年，还是会觉得农村里才有过年的气氛，贴对联、包饺子、打扫院子，忙忙乎乎的那种快乐，想想真的是既难得又短暂。

父亲的生日在正月初四，每年亲朋好友那天都会来到家中，贺寿、吃饭，摆上几桌饭菜吃闹一顿，也是基于这些原因，在2010年，我们四个孩子商量后，决定把原有的房屋进行扩建改造，父母也是非常的高兴，在他们的心里，子女过得好他们开心，在子女家中也高兴快乐，但总会觉得他们的家还是在老院子那里。

再一次建房的时候父母的年龄都已经七十几岁了。建造的时候也不像以前那样了，买齐各种建筑材料，打个电话就给用汽车运送过来，那时也有做建筑工程的朋友，得知后，送来江沙等一些材料，各种机器、汽车、勾机等等的应用，人劳动的强度也大大降低。雇用的建筑工人，也不需要其他人动手，可是父亲依然要参与其中，有不合理的也要找出，让他们改正。家里的哥哥和工人们也都提前说好了："老爸怎么说，你们就怎么听，不能顶嘴，具体怎么干背后下来和我商量。" 工人们也没有人和父亲顶嘴，房屋顺利地建成。扩建的面积更大，建成后工人就撤离了，一些零活，父亲一点点给处理好，当时用水泥砖块铺设好，因为沙地会慢慢下沉，有些凸凹不平，父亲就一块一块地将方砖搬开，重新垫好沙子，铺平整。那个劳动量很大，反反复复一个月才干完，父亲说什么也不再让雇人处理。母亲要帮助他也不让，说母亲净帮倒忙，其实他是担心母亲，怕累着母亲。

坎坷波澜

母亲是在上中专的时候，偶然机缘与当兵的父亲认识的，认识后一直就书信交流，八年后与父亲结婚成家，她有着完整的上学受教育的经历，“文革”前夕毕业后，分配到内蒙古农牧研究院工作，属于科研单位里的科研人员。

母亲参加工作后不久，一天突然接到家里的电报，她的母亲病重，接到电报母亲和单位请好假，就赶回了姥姥的家中。姥姥得的病是中毒性痢疾，病得急、病得重，疾病很快就把她带走了。当时医疗条件落后是直接的原因，谈起这件事母亲总是很惋惜。我做了医生后母亲也曾多次问过我：“那个病难治疗吗？”这个问题我没有正面回答过，我是感觉母亲对这件事一直耿耿于怀，这个心结我是无法帮助她解开的，只是不想让那个留在她心里的结，结得更紧。

送走了姥姥后，姥爷忙于工作，四个舅舅年龄都不大，两岁的年幼小舅舅没人照管，母亲忍着伤心，帮助安顿好家里事已是一个月后。回到单位上班工作，几天后负责的领导把她叫到办公室，没等母亲说话解释就劈头盖脸地一顿臭骂：“还有没有组织性、纪律性，你知不知道超假了？还想不想干工作？国家要都像你这样能行吗？”这是母亲后来的描述，她省略了里面的脏话，随后的事情就是写检讨，不允许再工作，坚决开除公职。对于那时刚参加工作不久，社会经验不足的母亲的无助状态，别人也不好说什么，只是默默地看着。无奈之下母亲只好又返回了家中，这样就失去了单位的工作。直到二十年后政策平反，母亲恢复公职被给予补助后，也没回到她热爱的单位去工作。

她和父亲成家后，就一直处于奔波忙碌状态，支持、理解、帮助父亲，维持生活照顾家庭、孩子。母亲接受过严格的学校教育，与农村的家庭妇女还是有些区别，对事情事物的看法和做法会不同，对我们的学习教育也不同。父亲没有打骂过我们，我记忆中见过一次父亲要打顽皮的弟弟，也就是吓唬了一下，就放下手了。我却被母亲打过一次，只有过一次，永记。那是在我六七岁的时候我不知道从哪里学了一句骂人的话，在家里和弟弟玩耍时顺嘴就说了出来，正巧被进屋的母亲听见了。“怎么骂人？”母亲严厉地对我说。当时也很调皮的我，也没在意没理会，继续和弟弟玩，还顺嘴又骂了一句脏话，这时母亲真的生气了，她拿起扫地的扫把，我吓得一下就跑出门外跑远了，在外边快天黑才回来，回到家以为会没事了，没想到进屋还是被母亲打了几下，她问我：“还骂不骂人？”我吓得哭了：“不骂了不骂了。”真的再没骂过人，简单的方法起到了作用，我想这件事母亲应该早已忘记了吧？我是记得“骂人是要挨打的”。

相夫教子

母亲在家总是想尽各种办法做着饭菜，什么都缺的年代总是会想些办法，做出一些饭菜，让我们吃得好一些。

已经人到中年的父亲再一次生病了，是我刚刚记事的时候，不知是什么原因，又无缘无故地流鼻血、发热，做医生的大爷带着他去城里看病，也没有诊断出原因。没有治疗好，家里贫穷，不允许住院治疗，父亲被拉回家里躺在炕上。那时我虽然不懂事，但心里也出现了恐惧感，应该是害怕父亲死去吧，说不清楚小孩子的心，就是害怕，长大后对害怕的理解与那时截然不同。母亲担起全家的生活重担，我们都小，她还要照顾生病的父亲。在我记忆里他们没有恩恩爱爱地手牵过手，说说笑笑的时候，只有默默不语的相濡以沫，年岁大了还是唠叨父亲，“把衣服脱下来我给你洗洗，别老穿这件，那不是还有别的吗？”“洗洗手再吃饭”“把那件脏衣服放外边”“你少喝点酒吧”“你少说两句吧，听孩子说不行啊！”“这么大岁数了还不下来，上什么树”“还逞强”……父亲也总是有话答复她，“你就管好你自己吧，没事不用管我”“我再喝点儿这不是高兴吗”“你别看我岁数，我比他们灵巧”……总是这类的话语，在我看来就是最浪漫的语言。表达爱的方式有直白有含蓄，他们那一代人有的更多的是付出，没有言语或是动作上的亲密表达。父亲也常和我们说“家有贤妻，难遭横事”，他一生虽然坎坷，但没遇到飞来横祸之事，这与母亲是不是也有一定的关系呢？有时我也在想，现代人的浪漫是什么呢？一朵花？一杯红酒？一支蜡烛？一个精心布置的场景？还是其他什么呢？为什么要浪漫一下呢？为什么有浪漫这个词语呢？这个与年代与年龄与经历一点儿关系都没有，谁也不要强加于谁吧？在我的理解里父母是浪漫一生的人，与片刻的浪漫相比，那是更加的真正的浪漫。在母亲的精心照顾和大爷的治疗下，经历好长好长一段时间后，父亲奇迹般地好转了，这真是奇迹！

母亲是有主见的人，对待任何事物，都有客观的判断，我也深受她的影响。说两件事情，你就会发现母亲在危急时刻的冷静以及对待问题的随机应变，从而对她有新的认识。

一年的冬季，姐姐在外地上初中，哥哥、弟弟和我还是在上小学，父亲外出没在家。新房建成后不久，还需要不断增加保暖防寒措施，将烧柴火的草木灰，积攒下来添加到房梁与屋棚间，一点一点放上去，增加防寒层的厚度，从而保温。那时哥哥已经能够做“上房揭瓦”这项工作了，父亲在建房时已经考虑这件事情，在房屋侧面房梁处留置了小门，每次打开门，用梯子爬上去完成这项工作。草木灰积攒很多了，母亲就带着我们一点一点添加到棚上去。两天后，在天快亮的时候，熟睡的母亲觉得屋子突然亮了起来，睁开眼发现屋内的棚上起火了，她大声叫我们“快起来，着火了”，弟弟首先吓哭了，母亲边安慰弟弟“别哭，别哭”边跑到外地拿起水盆，打水救火，我和哥哥也一起帮忙。水装得太满，我还没有那么大的力气将水泼到棚上，我们在母亲带领下，七手八脚把屋里的火给浇灭了。这时周围的邻居也知道了消息，大家赶过来，有人提议要上房把瓦片揭开，在屋里把棚拆开，母亲给制止了：“你们都不要乱拆，我知道怎么回事。”然后她从侧门登上房梁，让其他人把水拿上来，用手一点一点地撩水，逐渐把上面的火浇灭，那是没有完全燃尽的灰引燃的。如果不是母亲发现及时，处理紧急得当，后果不堪设想，母亲用最小的损失保住了房子。

我是愿意把工作、生活和社会中我身上发生的一些事，可以说是大部分事情吧，和母亲沟通的，现在我回家见她也是这样，她总会有些见解或是方法给我。

记得工作后，一次朋友聚餐我多喝了一些酒，大醉，回到家折腾了一晚，天快亮时才睡去，醒来时已经快到了上班时间。那是工作日，父母那天恰巧来城里看我，醒来后我发现枕旁有一封信件，饭菜已经做好，上班就要迟到来不及吃饭了，我也没看信件就穿衣，顺手把信揣在兜里，头晕晕的赶往单位，一上午都是在一身汗又一身汗不舒服状态下度过的，吃完中午饭才好些。这时打开装在兜里的那封信，那是母亲写给我的，信里没有一句责备的话语，大概的意思是这样的：“你已经参加工作了，做了医生，适当地放松、喝酒都没有问题，但是要注意身体，另外你要想一想，如果突然来了患者，需要手术抢救救命，你还能去手术吗……”母亲的钢笔字写得非常好，我看过信后坐在值班室呆坐了好久。虽然我以后也喝酒，但在做临床医生的时候，却很少喝酒或不喝白酒，休息放假回到老家除外。我也常常想起那封后来被我丢弃的信件，责备自己，为什么没有保留，把它丢弃了呢？

五行八卦

父亲几乎是独自一人完成了铺平院子的水泥砖的工作，现在的院子，更宽敞干净整洁。每年回家都要在这里，约上好多的亲朋好友，聚餐玩乐，就是希望父母看到这样的场面，看他们开心。父亲的晚年一直生活在这院子里，劳作后仍旧看书、记笔记。后来他对《周易》八卦之类，越来越感兴趣，年轻的时候他也有些这方面的知识基础。我从网上给他也购买了好多这方面的书籍，我曾经简单翻阅了一下，书中知识的深度，真的不是一般人能够理解吸收的，也不同于其他的专业书籍，你有多深的理解能力，就有多深的内涵，我是掌握不了。父亲看问题客观，他不做迷信、固执、别人反感的事，他也会做给人家批八字算命之类的事情，他不随便给人家讲，不糊弄人，他说"人家相信你，你不认真对待是不应该的"，如果看到有欺骗人的事他也不管什么环境、什么地点就直接说出来。

有一年他来北京看我，待在家里无事，陪他到公园去玩。公园里有摆卦摊算命的先生，在给人算命运。我父亲就站在旁边认真地听，那个人走后，算命的先生看着我父亲说："老师傅也要算一挂？"我父亲问他："天干地支属性的方位你知道吗？"（注：远古时代就已有天干地支，其中十二地支分别代表着每年十二个不同的月令、节令。天干地支是易学应用在实践方面的重要手段和途径之一，很多事物的发展规律都是通过它来认知。大概就是这个意思父亲说过我记不明白。）"我看你刚才说的不对，天干地支最基本的你都不懂就给人家看命？我给你讲一讲……"算命的先生一直点头说"老师傅我这也是混口饭"，我赶紧把要生气的父亲拉走了。

边看书研究边记笔记是父亲的习惯，他研究起来会非常认真，也很累，相关的书籍看了很多，笔记也有上百页，工工整整抄写的钢笔字几万字，现在还存放在家中。在老家屋子的书桌玻璃板下，压着记在大白纸上的笔记，是为了找起来或应用时方便，所以放在那里。有人问他，他也很乐意去帮别人去看命（这里我强调，写这些东西不是做推荐，让你相信什么）。他总是根据你提供的材料，也就是生日时辰等等之类的，然后他根据所掌握、所学的相关知识，去研究，反复找有关的书籍，有些是他背记下来的，记不下来的，他就翻书。常常需要几天才能给出结果，然后他总会和人家讲一句话："这些不是绝对的，有些是可以调整，可以回避掉，不要全部相信这些，是有些事物的发展规律存在里面，但你要客观地看待，去调整自己。"这里面是有哲学道理的，是需要好好研究才能理解的。

以前村里的红白喜事，有很多回也是父亲帮助人家张罗、操办，找到他他从不拒绝。我小时候对谁家老人过世办理丧事特别恐惧，也不知道什么原因，就是害怕，躲得远远的，从不敢从那家的院子前经过。后来学医后逐渐好了，恐惧感也就没有了，长大后对亲人离去的那种伤感也有了深深的理解。失去亲人的人，心中应该都有对安慰、对帮助，甚至是简单的一个握手动作的需要和渴望，会心存感激。父亲都是帮助到处理结束，他还掌握一些民俗文化方面的知识，人家也都信任他，按照他的要求指点去办理。

民俗文化和迷信不是一回事，有人觉得这是迷信，是落后的思想、落后的行为，如果这样理解，也不好说是否正确或是错误，不是这样简单判断就能说清楚的。理解的角度不同，出发点不同，结论是相反的。在我父亲看来那是一种文化的传承，是对人的一种尊敬、尊重，也是后人或者是在世人对过世人的怀念表达，悲痛情感的宣泄，怀念情感的表露，是一种安慰，也是中华文化的构成部分，是对文化的传承。

文化传承

记得小时候每到春节期间，爷爷家就会在特定的位置上摆放好，按照辈分年岁顺序，写有过世先人的名字字幅，摆上供品，我们那里称之为供老祖宗。父亲带我们男孩子给老祖宗磕头上香，两侧挂的条幅写着"慎终须尽三年礼，追远常怀一片心”。现代的人，对这些理解或感兴趣的人越来越少了。未来的发展无限可期，科技也日新月异，经济的快速发展，人们的观念也发生了巨大的变化，精神层面的发展，是否也能跟随经济物质的发展？人类的本质是什么？前人的事业是什么？开辟未来的道路又是什么？“继往开来”这一词语是宋朝朱熹在《朱子全书·周子书》提出来的，朱熹是儒学的集大成者，中国传统文化受到儒家思想的影响深远。追溯我的家族近代传承，我想也是受儒家思想的影响，从我爷爷给几个孩子取得名字上就能体现出，都有包含“义、礼、志、忠”这些字，“仁、智、信”，因为其他家族成员名字中已经应用了，不能再重复。

父亲从小对我们就灌输，对长辈孝顺的思想，他也是这样做的，从没见过他和爷爷奶奶顶过嘴，自己无论多么辛劳都时刻关心爷爷奶奶，抽空就去看望他们。家境贫寒，做点好吃的总是先给他们送过去，或是叫上爷爷来到我家，一起吃饭。直到现在我还有这样的习惯，吃饭时大人不上桌吃饭，就一直等着，决不自己先吃一口，等一家都上桌，再动筷子。从这些小事上，反映出对于忠孝的诠释理解。后来奶奶、爷爷相继过世，能感受到当时天不怕地不怕，从没有说过苦、说过累，说话永远算数的父亲，孤单无助的悲伤状态。那时我已是十几岁少年，能清晰地感受到父亲的难过，那也是父亲最脆弱的时候，在以后直到他过世前，这种情况我只又见到过一次。

在对父母孝顺这件事上，最能体现一个人的品质，以至于成为衡量一个人是否优良的重要客观标准，没有绝对的事，但这是个例外。我们姐弟四人对父母还是孝顺，做得好的，应该是按照出生的顺序排列，姐姐身体力行，照顾父母付出的劳动，要比我们三个男孩子多，父亲晚年生病后，一直是她悉心照料。我们四人之间从小到现在，没有互相打过架或是骂过，虽有争论，也是相互理解，在接受的范围内讨论，有时父母也在旁边参与，和气地解决不同意见，互相帮助，这与家庭教育有直接关系。

有尊有让是一点点培养起来的。在记忆里的小时候，姐姐的衣服、鞋子，穿小了给哥哥，给我，给弟弟，就这样直到都穿不下，或者是坏掉了。父母买新的衣服、鞋子、吃的也都是每人一份儿，没有特殊。小孩子的心就有了这样的概念：得姐姐有，哥哥有，我才能有。小时候家里穷，每一双鞋子都被穿坏，缝补不能再缝补了才能扔掉，这也使我们养成了精打细算的习惯。自己动手缝补的能力，也是从小时候就有基础了，与以后做了外科医生后缝补的技能通用。还有那时总会看到自己的大脚趾在鞋前外面露着，上班工作后经济条件改善，总喜欢买鞋，有的鞋买完就放在那里，好多年都穿不上，这个不好的习惯，与总看到自己大脚趾的那段经历有关。

我也常常给家里其他人买鞋，应该是给哥哥买的鞋最多，家里人穿多大码的鞋，我都清晰地记得。也是这样的一些原因，让我有什么好吃的想着其他的人，有新的衣服鞋子，首先想到是不是其他人也有，不能我自己单独有，从来不会去主动争抢。这些小事对我产生了潜移默化的影响。如今的我对自己要求严格，对别人宽松看待；自己在经济方面精打细算，帮助别人时大方；自律性较强，对别人却没了这样的念头：我给自己的评价“对自己抠，但不自私”。

家风家貌

说到自私的问题，当今独生子女家庭居多，从小父母只对孩子一个人，他独享父母在精神上和物质上对他的爱。孩子从小很难体会，这些还要与其他人分享，总是一人得到，养成的独我、自我的意识更多一些。长久地处在这样的环境中，造成独生子女思想性格、行事方面，或多或少都会以自己为主。在进入社会中，如果还都是这样的想法和行为，能想象出会有多少问题相伴出现？我们也常说“心底无私天地宽”“心有多大舞台就有多大”“你有什么样的格局，你就有什么样的生活”，怎么培养？不都是在小时候从一点一滴的小事培养起来的吗？

给父母买的衣服鞋子，他们舍不得穿，回到家看到他们，总是穿着以前的衣服，总说干农活脏，还得总洗不方便，也随着他们，让他们不受儿女好心的约束。在我对孝顺的理解中，我觉“孝”容易，“顺”比较难，每个人都有自己对空间的需求，你给予的“好”如果压得太紧，别人也会感到“累”，而我们还常常想，我对你这么“好”，你怎么还这样呢？如果你仔细想是不是这样呢？对父母也是一样的。在心中树立起来的标准，有时会不自觉体现在社会交往中，社会生活中人不可能逃避世间之外，独善其身，交往是避免不了的。

我大学毕业后就进入医院参加了工作，之前接触交往的都是同学或家人，在农村接触的也是邻居、亲属等，对社会上的一些事不是很了解。在单位仍然按照学生时代那样，简单想法，初入社会，常常会听到谁谁是我朋友，对朋友自觉也有了几分认识，当时会把同学、同事划分到朋友的范畴，朋友间的话语，也都深信不疑。父亲教的说话算话，一直根植于心，之后有过几次小小的被欺骗经历，使我改变了念头，产生了怀疑，朋友是可以说了过后就忘记或不照做这个样子的吗？然后又回到，那个对朋友概念不清的状态，多少有了自我防护的意识。

冬季最寒冷时节已到，母亲的生日就在那时，一天下夜班换了衣服，着急要走的时候，遇到一位住院的病人。他姓孙，在家男孩里排行老三，所以叫他三哥，这是后话。他是外伤原因住院，刚入院时加上一些事情的影响有些焦虑，在医院治疗的过程中，有些非医疗的故事发生。我是他的经治医生，接触时间较多，对他的感觉就是社会化东西太多，经济条件优越。也许是当时我比较简单明了的原因，除医疗以外，在对非医疗的事件处理上，也没有其他复杂的想法，和他沟通得还非常愉快，也都解决了。也许在他眼里我的简单单纯表现，也能让他放松下来吧？他病情恢复得很好，也快出院了。当时他问我：“姜医生下班着急走干什么去？”我没有多想就说：“我要去老家一下，老家在乡下。”他又追问一句：“不是过年不是节日是有什么事吧？”我着急离开赶车，就说：“我妈妈生日。”他说：“我现在有事，不能用车送你，下午我去老家接你，你在家等我，我知道那里。”这是一句客套的话语，我早已熟悉便随口应声：“好的。”

匆忙回到乡下的家里，和妈妈聊天吃完午饭，因为下夜班很困明天还要上班，我就赶公共汽车回到了城里。快要下车的时候兜里的传呼机响了起来，看到的号码是他的手机号，那时用手机的人，偶尔会见到一个两个的，所以一下就能认出来，下车后我找到公用电话给打回去，里面传来他声音说：“你先等一下，你听这是谁的声音？”是妈妈的声音。

这是后来妈妈详细和我说了当时的情况：我走了不久，院子里进来一辆小汽车，下来的人问：“这是姜医生的家吗？”我妈妈说：“是啊！”他对我妈妈说：“我是您儿子的朋友，听说今天是您的生日，特地赶来看看您。”挂上电话的一瞬间，脑中的闪念划过，我没有等他到来，我以为我没有欺骗谁的时候，欺骗已经发生了，简单的想法，不简单地就来到了，这件事之后也直接导致我，在以后的朋友交往中，不曾有过失信。

以后我和他成了朋友，时间过去了二十多年，波澜无数的他和奔走不断的我，一直保持最原始交往的心情和状态。不管发生或变化了什么，我离开老家的城市也有十几年了，不在家的时候，在年节或是某个普通日子，他都会去家那里，看望我的父母，他对我父母说：“你儿子在家，过来是看他，他不在家你们就把我当成儿子。”带我父母外出游玩，专程接他们到高档的那种饭店吃饭。他的大哥——官职局长——到我父母这吃饭，很随便的状态，没任何嫌弃，躺在炕上就睡觉。他的四弟看到电视太小，买新的大的电视就送到家里……

我每次回去也会去看望他的父母，到那里也像到了家里的感觉，我们在不断交往中，多的是相互尊敬、尊重和理解，用“朋友”这个词，诠释了中间所发生的一切。我常常说自己是幸运的，交往的朋友都是真心对我，使我对朋友有了深深的理解体会。

为什么和他交往中不曾有过矛盾？他也有过起起伏伏的生活状况，我离开家乡，到别的城市工作，距离遥远，平日见面次数也少，怎么还会一直密切相处？

我无数次去过他的家里，从那里也许会得到答案。他家五十六口人住在一起，他父母养育了九个子女，其中五个儿子，对待父母的孝顺，我没有看到超过他们兄弟的，每个孩子都有独特的个性，但在父母面前都是一个状态。现在的视频中也能看到，孙三哥在九十七岁的父亲面前，还像小孩般和他的父亲嬉闹。他们对父母的孝顺是真的孝顺，遵从父母的教育，平凡的家庭，平凡的文化传统的教育，我想这是最重要的基础。我家里的姐、哥、弟，以及一部分我姓氏的家人，和他的五十六口人的家族其他人，交往在不断扩大，走动都成了亲人似的。我有时也常想，在给别的朋友介绍他时，还用这是“我的朋友”这个称呼吗？还有我们之间的情谊，是亲情还是友情？

战友之情

父亲也有一些好朋友，在村子里、学校里，他们也常常来到家中聊天、走动、喝酒吃饭，父亲也会常常提起那些战友。那个年代交通、信息传递都不发达，远地的交流还是靠书信往来，紧急的事情发电报是最快的，有的亲人都几年不能见面一次。加之经济原因，大家都舍不得外出，舍不得花车费去看望或探望谁。父亲的战友的地址，一直在他的笔记本中记录着，有时他也会指着挂在墙上的部队战友合影相片，告诉我们这个是谁那个是谁。这时能感觉到他愉悦的状态，以及对部队对战友的思念之情，他时常讲起在部队他们之间的故事。

父亲入伍后就进了新兵训练连，二十岁的他体重八十斤左右，营养不良长得瘦小，后来有人说男孩子过了二十岁以后还能发育长个，我父亲是非常同意这个观点的。他后来的身高在一百七十三厘米，体重一百二十斤左右，在那个年代应该是不错的身高了吧？训练是非常艰苦的，父亲顽强地努力坚持，他从小就吃苦耐劳。“新兵连这点苦算啥？对我来说没有什么。”他每每提起总是这种口气。部队师部的杨参谋，到新兵连挑选新兵时，就选中了父亲，分配到师部广播室，然后就送他到军部，集中培训学习专业知识，培训班里人才济济。当时就有大学生学历的战士，其他都是高中毕业，父亲没有任何电子物理方面的基础，课堂上就是认真地听，认真地记，不理解的下课后就去问一下学习的战友，起早贪黑地背记学习内容。

那时的广播是最简单的二极管收音机，只有一个线圈，可变电容器，检波器用高频锗二极管进行检波，还有耳机构成，由于只有一个调谐回路而被称为“单回路矿石收音机”。这样的机器，在配用良好的天线时，可以接受当地或稍远一点的电台，但是分隔电台的能力很不好，经常会出现“夹音”，也就是两个或者更多电台在一起响，维修维护组装都是自己动手，不像现在的集成线路板。在他当兵几年后回家探亲，就自己买的零件，回到他的老家，组装过一部简陋带有大喇叭的“收音机”，组装好后，再爬到高高的树上，架好天线，好多人围在树下一起听着从大喇叭里传出的声音，带着疑惑好奇地看着那个“收音机”，那里怎么会有声音发出来呢？村里的人们才第一次知道声音是可以从“大喇叭”里发出来的，声音是否美妙？只有那些听过的人才会知道！

在我家的村子里也有复员的军人，在春节或是八一建军节时，镇里、村里都会有些针对退伍军人的慰问活动，有时送几条鱼，送幅年画之类的，也让这些军人感到无上光荣。那个年代的人崇尚的荣誉感是以后的人很难理解的，这些军人也真是值得尊敬。有时聚会就到我家里，我们小孩子围坐一圈，听他们讲部队的故事，我记忆里参加过解放战争和抗美援朝战争的孙大爷和李大爷（名字我也记得，这样称呼以示尊敬），在战场上出生入死，裤子上的弹孔到了战斗结束才发现。从他们的话语里，你却感到的是那般的轻松。在艰苦的生活中如何保持乐观的状态，这些都是我们现代人应该学习的，他们的故事，我以后也许会写出来的。

在二十几人的培训班结束后的考试中，父亲取得了排名第二的成绩。之后他们就各自回到自己的单位去了，分开后父亲和一起学习的学员，没有几个再见过面，他在培训班战友的名字，他却一直记得也常常提起。在我们参加工作后，经济条件好的时候，已经六十多岁的他专程去过大庆，看望过他培训班中一个战友，名字叫李爱行，回来的时候老战友还送给他一双皮鞋，回到家后他高兴了好长一段时间，也是满足了他自己对战友的思念之情。

手足亲情

父亲年龄大了，家里的耕地大部分转给了村子其他的农户耕种，但是周边的几亩水田和旱田，父亲舍不得坚持要自己种，他自己也闲不住。我们也是反复叮嘱他不要过力劳动，他满口答应，可是一旦干起活来就什么都不顾了，劳累会生病的，这是肯定的。

2009年的4月在北京工作的我，突然接到哥哥打的电话，在电话里他焦急地说父亲得了心梗，在市中心医院抢救治疗。我让哥哥赶紧挂电话，我立即给在那个医院工作的同学打电话，让他赶快去抢救室看看父亲到底怎么样？同学过会就打回了电话，说父亲的病很重，有生命危险，正在抢救。同学正是心内科医生，我当时也是心急，在电话里对他说："不管用什么办法一定要抢救过来，我爸要是有什么不好的，以后我们朋友也没得做了。""姜哥你说啥呢，你放心吧！我肯定尽最大的能力。"我当时的话语，是出于患者家属的急迫的心而说，后来我和同学也道过歉，在以后的工作中，我也理解了患者和家属有时的心焦，理解他们说出的过分的话语。可以这么说，在我临床工作的十四年里，没有发生过医疗纠纷。有时不是自身的事情，不是自己的感受，站在高处谁都会说些风凉的话，人与人之间理解真的很需要，也真的很难。

父亲在抢救室病情相对稳定，就转入心内科重症病房监护治疗，同学也随时和我汇报病情变化。因单位和其他一些事情，加之父亲的病情相对一天天平稳，我回去都是一周后的事情了。来到父亲住院的病房，他躺在床上，看到我走近对我说："回来了二儿子，我没事了，我自己能感觉到，死不了。"我心里有说不出的滋味，做医生也很久了，病人医治过不少，生离死别也见过不少，内心的波澜起伏，总是不会出现在平静的脸上。我拉着父亲的手和他说："爸，没事，有我呢，你不会有事。"我看到他脸上的笑容舒展了，我能感觉到，那种经历过死亡的人的恐惧，在看到他做医生的儿子走近他时，恐惧感、紧张感才真正地得到缓解，人也放松下来。那一刻我知道，有些事情不是钱，不是电话、视频所能代替的，只有拉着的手才能感觉到血脉相通。

哥哥那时天天在医院照顾父亲，没在医院工作过，家里没人住过院的人不能体会到，护理病人是最难受也是最累的，有时比病人都难受。病床紧张，到处都加床，没有地方休息，还要看护父亲，只有一个床边小凳子可以坐一会，晚上就在地上铺个垫上睡觉，随时还得起来伺候父亲。哥哥是在大学工作的教师，身材偏胖，小时候爷爷、奶奶总喜欢叫他"胖小子"，也不知道和这个有没有关系，哥哥一直都很胖，姐姐要替他护理父亲他也不让，说姐姐伺候父亲不方便，总把姐姐撵回家去。我回来后他也不让我在医院，一直护理父亲到出院，在这件事上我一直很感激哥哥。从小到大哥哥一直读书，小时候不记事，大了我们在一起的时间，也就是他放寒暑假的时候，各自工作后年节回家在一起，玩闹多些，交流不是很多。那一次我对他有了重新的认识，以前觉得他比较传统一些，家族式大哥作风。有些东西，我还有些不同看法，也就是观点不同，我自认为是勤快、孝顺之人，喜欢干活，回到家总是收拾这收拾那，总会找些活持续地去做。哥哥到家就是待着，干活是忽然来一阵，然后就休息一会或者是看书，其实家里也没什么活，在农村好像就是，你要干活就总有不断，不干好像还什么活都没有似的，在农村常听说“这人勤快，那个人真懒”，那个所谓的懒人，力气还没少出，想想就是这样子，也不知道为什么？我对哥哥早期形成的有些印象，在这件事之后有些改变，可以看出他对父亲的感情、孝心，以及付出的辛苦，也是在那时，对他有了新的看法和想法。

父亲病愈后就出院，回到老家居住，哥哥、姐姐、弟弟也常常回去，交通挺方便，但要赶时间坐公交车。那时我在北京工作，收入各方面还好，赶的机会也好，买房子时是低价购买的，手里还有点余钱买了自己第一辆小汽车。回到北京和爱人商量后，有一天我给哥哥打电话：“大哥，把我的车给你吧？我想换一辆车。”大哥说：“你别给我，你先别着急换车。你还是攒点钱吧！你不用考虑我，我用不着车，坐车方便。”我说：“大哥，你要不要？你不要那我就送给别人了，反正我要换车。”“那行，那你还是别给别人了，给我吧。”我说的没有错吧，我哥哥是不是挺正统的，家族大哥的样子？我把车开回去送给他时，他高兴了好一阵，估计也没少和同事、朋友讲“这车是我弟送我的”。我想他不在家人面前的时候，和别人说起这件事时，是不是也挺骄傲的样子？这些都不得而知，反正在我面前他一直是挺正经的样子。

无悔之路

父亲有过这场病之后，我特别担心出什么问题，总是打电话和他说，让他注意休息，和妈妈、姐姐、哥哥、弟弟叮嘱，一定不要让父亲再劳累，也常常让哥哥带着他检查心脏情况，还好病情稳定，一直也没有再犯。人在把注意力关注在某一点时，有时就会忽视其他方面，没有想到其他的情况会产生，那是我一生最痛的事情。

人生没有回头的道路可以重来，走过的路是否正确，有时很难说清楚，有些时候只能说后悔或者不后悔，我对自己以前走的路，特别是在对自己离开北京回到长春市工作这条路的选择上，我不后悔。

2014年夏季，有一部分其他原因，也有自身的原因。我决定从北京回到长春市医院工作，在没回来之前的思想斗争中，有这样一个想法“这些年在外地，没有陪在父母身边太长时间，现在经济状况也改善了，回到长春离家近一些，能多陪伴他们”，这是回来的主要原因之一。很顺利地回到长春，工作关系逐渐办理好，离家近了，工作也相对轻松一些了。不在临床工作，周六、周日、节假日都能休息，这期间常回家陪父母，也带他们去过母亲的老家，去探望舅舅们，去阿尔山，去延吉玩，等等，那是很开心的一段时光，也感谢家人、朋友、同学们的照顾、招待、精心的安排。

有些事情的错过是不经意间的，但有些事情可以不再错过，只要你用心。

2014年国庆节的最后两天假期，我从外地游玩赶回家里。北方的秋日里，天高气爽，节日前我就和父母约定，准备带他们到延吉玩。我是在延边大学读的研究生，有几个同学在那边工作，平日交往联络不断，相处很融洽。我们开车到了延吉后，同学几个人招待我们吃饭喝酒，吃饱后坚持领着我的父母去KTV唱歌跳舞去，这与民族能歌善舞的特点是有一些关系存在的，但更多的是朋友之间相处的感情原因。对此我也是比较了解，朋友知道我对父母的感情，我也没有拒绝，朋友间喝酒玩乐，有时也会在酒后去唱歌，带着父母特别是上了年纪的父母，走进KTV大厅时，服务员看到我们都特别开心，笑呵呵地给我们找了最大的房间，父母的兴致极高。他们第一次，我想绝对是第一次，走进灯光闪烁迷离变幻的房间，我哥哥、弟弟歌声洪亮、抒情、韵律准确，我唱歌是跑调的，还是跑得挺远的那种。

母亲唱起蒙古族歌曲，连续唱了几首，父亲也唱了军歌，获得了掌声一片。才勇同学开我的玩笑：“姜哥，你不是大娘、大爷的亲儿子吧？”是啊！“这个为什么没遗传给我？父母偏心吧？”欢笑声充满了房间。音乐响起，父母手拉手跳起了舞，欢快甜蜜，在KTV里面我们玩了好久，我也是第一次听到父母在有完整的音乐伴奏下的歌声，我也是第一次看到父母在音乐的伴奏下相拥起舞。艰苦的岁月里，所有的苦难和艰辛，没有改变他们的追求信念，没有改变他们的乐观精神，追寻美好向往的心从未老去，旋转的色彩斑斓的灯光闪耀，照在他们欢快的脸上，映出了年轻的笑容。

我们都在逐渐长大，总会用自己年轻的心去看待、对待生活，去开心去欢乐，也用年轻的心，或多或少去约束着父母，甚至是“管着”他们的生活，我想这个“管着”不应该是“管教”才更好。

第二天的下午，才勇同学带领我们去中、朝、俄三国边境线参观游玩，父母走在边境线铁丝网处，把脚伸到另一侧，笑着对我说：“我们这不是也出国了吗？”然后都哈哈大笑。在上学期间我就来过这里几次，走到边境的观景楼时，我对才勇同学说：“不上去了，在下面也能看到周边的景色。”这主要是同学的热情，我有些不太好意思，上去还要花钱买票，我花钱买票他还总抢。才勇说：“姜哥，你上不上去我不管，大爷大娘我必须领上去，他们年龄大了，再来不知道是哪年呢？”就这样我们登上楼顶，一眼望三国的观景台，我的父母也同时看到了三个国家。

假期结束，第二天还要上班，我们往回返的时候已是夜晚，路上安静偶尔有几辆汽车经过。这要描述一下，从吉林到延吉的高速是最近几年才修通的，在山间穿过，路面平整干净，山间树高林密，而且车辆较少。夏季时节，特别适合驾车游玩，听着音乐，路旁满眼绿意，心情会无比的放松惬意。那天的夜晚晴朗，月光明亮，安静地行驶中，父母怕我单调困倦，和我聊着天，五花八门的所见所闻，随意地轻松闲聊。每次只要是我驾驶车，母亲就都要坐在副驾驶上，她晕车严重，坐我开的车却极少有晕车现象发生，也是奇怪，这事以后也有说明。时间过得很快，车开到了我家那里的高速附近，高速路旁距离我家的村庄慢走需要二十分钟，开车从高速路口下道走一段公路绕到家需要四十分钟，在高速上边的公路桥两侧，有台阶可以走上去，刚修的高速还没有完善，总有村民从台阶上走上走下高速。我到长春市还有一百二十公里，父母坚持要在公路桥下车，走上台阶走回家去，这样能节省我大约一个半小时的时间。大约十点的深秋，不是很凉，月光明亮柔和，我就没有坚持送他们到家，这段到村子的路安静安全，我把车停在高速路旁（这是违反交通管理规定的行为，勿效仿），借着月光送他们上了台阶，嘱咐他们不着急，慢些走，父母也是催我快开车回去。我站在路上面，母亲挽着父亲的胳膊，转回头不断地催我："青子，你快回去吧，我们一会儿就到家了，不用担心我们。"我走下台阶，回头看着父母，直到在路的转角处看不到他们的背影，才上车赶路。

陪伴牵手总是匆匆，一路上思绪飞扬，我常常记得这件事，我也非常感谢我的同学才勇，就像他做的事一样，有些事情不能等下一次再做，因为你无法预料到以后会发生什么样的事情。

意想不到

无忧无虑的快乐时光总是很快就过去，我忽视了最不该忽视的事情，上天也开玩笑？也作弄人？

这次病倒，父亲没有再一次战胜它，他一生战胜过三次重大的疾病，最后一次也许是他真的太累了，需要休息了。

2015 年元旦，那天是冬季里最冷的日子，正在家中熟睡的我被母亲叫醒，因为放假赶回家里看望父母，白天带父母进城参加外甥孙女的婚礼典礼，没有回家，都住在姐姐的家里。妈妈说："你起来看看你爸爸，他说肚子不舒服。"就这一句话，一种不祥的预感，一下就把我彻底惊醒了，我掩饰着紧张来到父亲床边问："怎么了爸？哪不舒服？"我很了解自己的父亲，他不会轻易地在后半夜孩子睡觉时叫醒我们，他是非常难受才不得不让妈妈叫我。他轻声地说："我就是肚子里疼。"我是普外科医生，专业的普外科医生，用手按了一下父亲的上腹部，看到他的表现，知道父亲得了严重疾病。

我总是把注意力放在父亲的心脏方面，怎么就没给他检查过腹部？我慢慢地冷静下来，试着安慰他："没事爸，你看能不能忍住，忍不住我领你去医院。""现在好多了，没事，你睡觉去吧，早上再说，真的没事。"我一直睁着眼看着窗外。

天刚亮我就带着他到医院做检查，看到核磁的片子，是第一次心狂跳不止。哥哥、弟弟也赶到医院了，我不能有不好的表现，不能让父亲感到不安。我对他们说："胆囊炎，用点消炎药就好了。"我常常这样对患者撒谎，这次是对我父亲第一次撒了谎，我想他会原谅我的。

走出医院时脑袋一片空白，我知道父亲的病的结果是什么？意味着什么？粗心的弟弟有事先走了，哥哥过来，刚要和我说话，没等开口，我说"带爸回家吧"，我的口气当时估计是挺吓人的，脸色也难看。他没有说话，把父亲接回家。我脑袋飞快地转着，怎么办？怎么办？回到姐姐家里，父亲也许是精神作用的影响，真的一点儿也不疼了，食欲还大好，吃了不少的饭，听我说是胆囊炎他说"这是小病，不用治都能好"，我也顺着他说。三天假期就要结束了，明天就要上班了，下午要离开吉林市回长春去。我突然做的决定，我自己没有考虑就对父亲说："爸，走和我一起回长春去。"那一瞬间我想就是我与父亲内心的感应，父子之间的心灵感应，或者是默契吧？他非常爽快就答应了，我下楼开车就走。遇到开车过来的弟弟问："你们上哪去？"我说："去长春我家了。"然后就走。

到了长春我家楼下，我的车库在另一栋楼下，我让父母下车在楼下等我，我飞快地把车开到车库，打开门就倒车进车库。外边很冷我想快点让父母进到屋子，心神不定地倒车，车镜已刮到车库的门边，看着倒车镜猛地踩了一脚油门，它彻底掉了下来，我飞快地下车，关上车库门跑着来到楼下，打开门带着他们上楼进屋。我在电话里和哥哥进行了长时间的对话，把父亲疾病的严重程度和他说了，就我两个知道，别对其他人说，又和他做了一些安排，随后准备到北京再看看。哥哥他怀有一丝侥幸，我也第一次有不相信自己，心存侥幸的心理。

哥哥第二天就赶到长春，我俩简单地沟通后，和父母开车从长春出发去北京。去北京的目的是再给父亲会诊一下，是不是还有治疗的方案，或者是诊断错误了。另一个目的就是父亲的病很快就会加重，如果没有更好的治疗方法，和他去看望一下他在广东的四弟弟，距离近的亲属见面容易，他总是念叨，好多年没见到四弟弟他们一家子了。我清楚得很，这是他们兄弟在世间最后的一次见面，心里酸酸的，不能表现，不能表达，又不知怎么开口说，不让父母有什么怀疑或是担忧。我了解他们，他们就会想一些问题，为什么突然要去那么远？是不是自己的病特别重？在出发前一晚，我和父母坐在客厅看电视聊天，父亲的气色很好，身体也没有出现不适，他自己觉得“胆囊炎”对他来说就是小病，现在没有问题了，肚子一点儿也不疼，看来精神对一个人的影响真的是巨大的。

心神不宁的我，没有心情看电视，满脑子都在想，怎么说？怎么开口说？去北京？去广东？有了第一次对父亲的撒谎，那慌张的感觉真的感觉不好。不管怎样我要让他开心高兴，我也要像他保护我那样，保护着我的父亲，不让他有任何的恐惧和担忧。我在制造着话题，引导着话题，在聊天中，我终于找到了切入的话题:“爸，我工作这边春节后想调整，我想征求一下你的意见，（细心的话你会发现，在整个这篇文章中，我与父亲的对话称呼都是‘你’很少用‘您’，这不含尊敬不尊敬的成分，我家这边都是从小到大这样和父母说话，也不习惯称呼‘您’，倒是觉得称呼‘您’时有些见外的感觉，不亲切了。）一是我继续在医务科工作，以后就走行政管理，另一个回到临床科室，做外科的医生，我现在有些犹豫不定了，你帮我分析看看怎么办才好。”父亲问我:“这是什么时候的事？你工作调动过来不就是在医务科吗？”我说:“是，但是现在外科缺医生，领导问过我，还去不去临床工作？”在这个问题上我们就一问一答，母亲也被这个话题吸引进来，也一起讨论起来，我显得有些焦虑，让他们有了担心，有了关注我的工作问题的想法。我继续说："我现在一直处于休假状态，要春节后才上班定下来，回吉林市就想去和你们商量这件事，我现在在家待着也闹心，要不带你们出去玩吧？"我妈妈说："那也行，出去散散心，放松一下，你准备去哪？"我说："我也不知道，要不咱们一起出去玩？我开车，走哪算哪？我给我大哥打个电话，问问他有时间没有。咱们一起出去溜达溜达？""那你问问你大哥吧，咱们一起出去。"我知道父母还是担心我，怕我心焦，他们就这样愉快地答应了。我和父亲又撒谎了，之后我偷偷出屋，和单位的领导通了电话，简单说明情况，请了假，我休了参加工作以来最长的一次假。

远行之旅

这次出发，我没像以往那样匆匆地赶路，以前每次放假回家，从北京往家赶的头一天，都早早地睡下，想好第二天早起就走，可是每次都是兴奋得睡不着，辗转难眠，等迷迷糊糊地睡去，心里有事也睡不踏实，第二天开车时候犯困，路上也不休息，就想早早地到家里，多少年、多少次的重复都改不了，回家的心情只能是自己体会。

北方的冬季，这个时节已是天寒地冻，原野上白雪皑皑，路上仍车来车往，却不见行人，车里打开暖风，温度逐渐升高，我却不觉得热，穿着羽绒衣像很认真的样子在开车，驶过一个又一个村庄。慢慢地在路上，哥哥和父母说笑，虽有千头万绪的凌乱，还要清晰地捋顺，还要安全，还要时刻提醒自己，不能出任何意外。出发前和哥哥已经商量好怎么说？怎么走？去哪里？这些问题我两个人达成一致意见，没有了分歧。我深知这次是我和我的父亲，最后一次的远行，我不知道终点在哪里，也不想知道，也不想有终点，只想就这样一直一直在路上行驶，那该有多么美好！

出发后父母的情绪也逐渐高涨，以往母亲只要是坐车，不久就会出现晕车的情况，恶心、呕吐。我每次开车都小心翼翼，担心她难受，她也是紧张得不行，每次坐车时，手里紧紧攥着塑料袋，别人大声讲话都好像受影响。这次却不知什么缘故，她却没有任何的不适，随着开车出发的距离越来越远，她也彻底放松下来了，父亲看到这样，也非常高兴，反复地说：“你妈妈真是出息了，还不晕车了。”哥哥赶紧接话：“可不是，这可太难得了，妈你要不晕车，咱们就往远点走，看到底你能坚持多久？”车里一片笑声，妈妈说：“我真没事，去哪都不怕了，肯定没事。”直到现在我也不知道妈妈为什么没有晕车，她是严重晕车的人，父亲走后她坐车仍旧和以前一样，还是晕车晕得厉害。是不是她能预感到些什么？还是父母之间那微妙的感应原因，在三十五天近一万公里的旅途中，一路上她都没有出现过一次晕车现象。

开始和父母说简单的外出，并没有说去北京，也没有说去广东看望四叔叔，只是一点点地诱导着父亲，不让他有一丝的怀疑，让他真正地放松下来。第一站我们来到了四平市，距离也不远，这里还有我的好朋友富哥一家人，而且他们一家和父母都熟悉，这样父母没有陌生感，其他的事情慢慢地也好说。

来到朋友家，富哥非常意外，因为不是节假日了，我应该在单位工作，怎么会带父母还有哥哥一起出来玩呢？他还是热情地招待着我们，和我父母聊天，陪我父亲一起喝酒，这时你也许会想，父亲得了重病怎么还能喝酒？在出发前我就把家里的好酒，父亲不舍得喝的酒装在车里，家里每年都有亲朋好友来看望父母的时候送来好酒，父亲喝酒却还是和以前一样，每次都喝得不多，试探着，觉得自己感觉可以了，就不再喝了，存了好多的酒，我也知道。现在父亲的情况，不能让他喝酒了，可是在这样的情况下，在疾病的可恶发展带来的后果和父亲平素固有的生活节奏，只能取一的时候，我选择了后者。作为医生，从健康的角度出发，我是错的；可从与父亲的情感上来讲，我坚持我的观点和想法。这也同大多数人一样，不是一切做法都要合乎逻辑、顺应条理，有的错误明知道是错，也要做下去。

晚间休息的时候，和朋友富哥说了我父亲的事，他也感到惋惜、难过，不断地劝我，也支持我和哥哥的想法，坚持要我们在这里多住几天。我心里有事不能停留，我和他说先去北京看病，着急，他也理解。第二日早上一起吃饭时，他和父母说："叔叔、阿姨，难得大哥和青子都放假，正好这时去南方玩玩，孙四哥一家现在在海南，你们去他那里玩玩。"妈妈说："去不了那么远，就在附近转转就挺好的。"富哥说："你们就听你儿子的，这么大岁数，身体还好，想去哪玩就说，有时间我都能开车拉你们去。"听他这么说，父母也都点头说："是，是。"这为后来的这次远行也是做了好的铺垫，打了基础，随后我们往北京方向出发。

到了北京安顿好他们后，我就迫不及待地找到以前的同事，联系了专家，把父亲的情况和检查的资料给他看了，没有惊喜，没有奇迹，没有话语，只有沉默，无声的沉默，无力地走出医院，天空灰蒙蒙的，不见太阳，心也像这天空一样，阴沉沉的不见光亮。

北京的好友海英热情招待了我们，我也好久没有回来北京，他见到我领父母一同前来，更是开心得不得了。多年的好友，彼此相知相熟，我和他说明情况后，他更是强烈地挽留我们。我曾工作生活在北京有过十余年的时间，记得北京的冬天要比东北暖和得多，可再一次来在这里，我却感觉身上冷冷的，父母倒是觉得天气不冷。海英带着我父母和哥哥一起去花卉大世界参观，我跟在后边看着他们。父亲本就喜欢花花草草各种植物，非常开心欢乐地参观，看着介绍植物的铭牌，哥哥也给拍了不少的照片。这些被照片留下的欢乐时光，也留在父亲家中的书桌玻璃板下。参观结束后，从大门口就要走出来时，有卖各种花草植物的货架，我看到一个类似红色的"枣"大小的果实，不知道名字，售货员说了就忘了，买了一个，用细线拴好，挂在车内反光镜上，灰暗中的"一抹红"陪伴了全部的旅程。

南下的旅程绿意越来越浓，过黄河的时候，父母第一次见到黄河，中华文明的发源地，特别兴奋，在桥上我慢慢地开，他们在窗口张望黄河，桥上有标识，禁止桥上停车，过桥后找到安全处，把车停下来，休息一下，父亲、母亲高兴地活动手脚，父亲做着慢跑的动作，母亲和哥哥在后边欢乐地笑着，我给抓拍了下来，在黄河的岸边父亲、母亲、哥哥自然开心的状态，这也影响了我，烦闷的心情也随着时间的推移有些改善。

时间可以医治一切伤痛，抚平一切忧伤，有些事情不需要去劝说，不需要解释，不需要宽慰，不需要，不需要……只需要时间慢慢地、慢慢地度过。每个人都会有自己的往事，自己欢快的故事，或忧伤的故事，别人很难理解或是了解，只有自己最清楚，也许自己也不清楚。一路走一路想，忽然

的想法打破了所有积累的郁闷，“我是陪伴父母出来游玩的，是让父亲开心的、快乐的，我和他的默契，我和他的心是相通的，他是会感应到我的一切，包括我的不快乐”，不再沉默，我看着反光镜上的“一抹红”，仿佛是太阳挂在那里，车内也温暖了起来。

叮咛嘱托

东北的夏季气温逐渐升高，也有炎热的时候，几天不下雨，田地就会干旱，村民就各自想办法浇田灌地，蔬菜庄稼才生长茂盛。这一年的夏天同往年不太一样，雨水不多，晴朗干净的蓝天有些干热的感觉，家里的园子紧邻小河，小河水量还是充沛。姐姐、哥哥都在家长期陪伴父亲，时不时也会给菜地浇水，这时父亲就坐在树下乘凉，看着他们给蔬菜浇水，园子里每年都种下各种蔬菜，父亲身体好时园子侍弄得干净，无任何杂草，耕地、播种、除草、施肥、浇水，按部就班地劳作。整个夏季和大部分的秋季，姐姐、哥哥还有弟弟就时不时回到家，取些父亲种的菜拿到城里的家中，父亲也是非常开心地等待子女回到家中，拿的越多越是开心。现在他只能看着姐姐、哥哥在园中浇灌了，有时也会慢慢抬起头两眼望着远方的山，直直地呆呆地看着，像是在思考着什么，或是思索着什么，他是在想他的父母？还是他的战友？或是谁呢？

春节后父亲的话越来越少了，这一年的春节和以往一样，在大院里过的，哥哥在落了树叶的树枝上，挂上了几个红红的灯笼装饰，增添节日气氛，贴了对子，三十晚上哥哥带着所有男孩给父亲磕头拜年。父亲开心地喝酒，亲朋好友都赶来给他过了生日，我也是放假就回到家中，和他聊天，病痛慢慢地侵袭，父亲也感觉到了自己的疾病，有几次也问过我一些问题，我告诉他没事，他也是相信地点头，配合着他做医生的儿子的话。有一次他对我说：“青子，我知道自己的病，不过没关系，就是我现在死了，你们都没事了，你妈妈我也放心，有你们照顾，我不担心。”他说这话的时候，我又一次感到在爷爷、奶奶去世时，他的无助孤单感，我拉着他的手，对他说：“爸，没事，有我呢。”他看着我笑了：“我不怕。”后来的一天，他拿出一张白纸，上面写的工工整整满满一篇字，对我说：“我走后，你找人按照我写的处理后事，这不是迷信，这对你们、对孩子、对后人以后只有好处没有害处，记住了！”我会记住父亲说的话。

这一年的夏天，我常常陪他坐在树下，树荫下凉风比往年要凉一些，担心他着凉，给他披着衣服，父亲总说不冷，有时坐累了就叫我扶着他，回到屋里躺下休息。小时候总喜欢钻在被窝里让他搂着，感觉特别安全，扶着他躺下后，自己也在他身边睡会，父亲睡觉就打鼾，而且声音巨大，以前回到家他怕我们休息不好，就让我们去别的屋子睡觉，后来我坚持在他和妈妈的屋里睡，他就一直不睡，等我睡着了再睡。我睡醒了，父亲还在睡着，鼾声不大，看着日渐消瘦的脸，病痛折磨的难得能睡得这么香，有时也盼着他多睡会，也怕他睡着，总觉得还有好多话和他说。

有些话是父亲说给我的，是我一生的安慰，作为儿子的我，他给我极高的赞誉，我曾经难过过，也曾经因为他和我说过的话，可以更加坚强、勇敢地面对一切。

长期生活在北方，觉得南方的冬季真是温暖，我们一路上也是越来越热，车子需要打开空调降温了，哥哥各方面知识掌握很多，“秀才不出门，便知天下闻”，一路上的人文、地理、历史、名家等等，让旅途有了更多的文化内涵和意义，每个地区的名胜古迹，在路途范围内，一定要去参观，父亲也知道一些，他对红色旅游地点特别感兴趣，是年代的影响，毛主席的家乡韶山、井冈山这些都是他点名要去的，参观起来也特别认真，博物馆是他最喜欢去的，大部分景点对老年人免费，我想这也是他的动力。

一路走，一路歇息，我从年轻上学开始到参加工作后，始终与父母没有机会长时间地交流，这次是一次机会，可以与父母长时间地在一起，包括同哥哥也是一样，这让我对父母有了进一步的了解和理解，加之周围的环境不断地变化，聊天的内容也五花八门，包罗万象。在湖北境内到了一处服务区休息、吃饭，哥哥陪母亲去卫生间，父亲和我坐在饭店吃饭，照例父亲要喝上一杯酒，服务区很大，卫生间要走好远，父亲看着我，对我说："二儿子你对我是真好。"我说："爸，我姐、我哥、红伟（我弟小名）他们对你都好啊！"父亲说："他们对我都好，但是你是对我真好，你又孝又顺，他们是孝多，有你这样的儿子我真高兴！"我的眼泪几乎就要流出来。在我们父子之间也会有矛盾，也会有别扭，我也和自己的父亲顶过嘴，但我理解自己的父亲。我也了解我的父亲，无论我做错了什么，他都会指出和原谅，抑或是我取得了一点点成绩都让他高兴不已，但这句话是一个父亲对儿子最好的肯定、最高的评价。我无怨无悔所做的一切，也感谢我的父亲他能说给我听，以后让我想起他时会不再难过，我也不会忘记他说给我的话，因为总有些特殊的话和特殊的事情，很难让人忘记！

浓浓深情

那是容易记住的日子，正好是母亲的生日那天，我们来到了广东，父亲的弟弟——四叔叔家里，到的时候已经晚上十点了，但是家里的四叔叔、四婶、弟弟、弟妹、孩子都还耐心地等待我们的到来，共进晚餐，还准备了生日礼物给妈妈。四位老人多年不见面，这次见面都特别地开心，欢快地交谈，家里的哥哥和叔叔家弟弟也交流不止，一家人开开心心的场面，停留在相片上也印刻在脑海。

四叔的大儿子，也就是我的叔兄弟，美术专业的研究生，和弟妹是大学的同学，因共同的爱好走到一起，家里的女儿集中两人的优点所长。他们在

当地高校任美术教师，在当地是小有名气的书画家。小时候我们兄弟也总见面，彼此间还是比较熟悉。在他的家里我们迟迟没有动身的意思，我知道如果这一别，父亲和四叔就是最后一别，不忍心就这样匆匆地离开，可是我和哥哥又不能说，这样的情况怎么说父亲的事？直到十五日后要离开之前，我偷偷和弟弟简单地说了，他哭了，说什么也不让我们离开。弟妹和孩子都是明白事理、孝顺的孩子，家里来了这么多人，长时间的伺候，父母亲人还好，对于其他人或多或少是不舒服的，总会在言语或行动上有表现，可是弟妹、弟弟，包括孩子，没有一丝的不悦，这也让我心里感激不尽，每日都是好酒好菜准备，偶尔还要去饭店聚餐、喝酒，周边的景区也是带我们参观游玩。

德才兼备说着容易，做起来太难，能够达到者凤毛麟角。家庭教育对一个人的成长影响巨大，一个人对父母不孝，对家庭成员都不爱，如果说有上天眷顾这么一回事，我想这样的人，是不需要眷顾的，个人的观点不知道是对是错？天地之大无所不有，也许还会有更好的事物存在，存在哪里？是在天涯还是海角？

车子开动了，真的开到了天涯海角，是海南省三亚市天涯海角公园，前方没有路了，车子停下来了。

来到海南岛三亚，孙家的四嫂热情接待了我们，这里应该是真正的南方了吧？我也说不明白为什么要这么说？父母应该是没到过这样的南方海岛，高兴的样子不言而喻，父亲说："他在海滩上踢了两千个正步。"在朋友家吃住，各种海鲜、热带水果，是在东北的冬季无法想象的，穿着短袖短裤，哥哥陪父亲到海里游泳，沙滩上传来玩闹的声音，路边小摊放着的音乐声，我和母亲也坐在岸边，看着人来人往走过眼前，看着这热闹非凡的海岸，看着远处还在海里游泳的父亲，他的身体随着波浪起伏，内心就像这海浪一样难以平静：我最亲爱的父亲，我无法再带着您，将车子向前开向更远方，路的终点，也是折返的出发点，就在那里，等待着我再次出发……时间如果真的可以停留，每个人或许会选择不同时间段，我也曾幻想过，如果让我选择，我会选择在哪个时间段呢？

绿色光阴

每个时间段的子女，也许对待父母的感情会不同，但父母对待子女的感情，大部分时间段是相同的。

我是平凡的人，我的父亲也不例外，他是千万平凡父亲里的一名平凡的父亲，对于别人是这样理解的，但对我，父亲是伟大的！他没有做出轰轰烈烈的惊天动地的大事，为了维持家庭的生活，为了养育他的子女，做着平凡的劳作，辛苦、艰辛、坚定地付出，默默无闻走过了他的一生，没有留下丰富的物质给我们。那时的他也有过无奈，我能感觉得到，经历过那样年代的人，有的能够表述出来，有的无法诉说，只能感受。没有父母不爱孩子，只是在一定或是特定的环境条件下，才让他们表现出如此无奈。希望未来的生活会一直好下去，让那些在无忧无虑的日子里无忧无虑的人一直无忧下去。

父亲留给我们的，是对生活的热爱，对社会、对家庭的付出和责任，对老人、子女的爱护，是怀着对未来美好生活的向往。也正是这样一批宝贵的精神财富，一代一代地传承。时代会不断地改变，环境也会不断地变化，一些传统的文化、风俗也都不同程度地被新思想新做法所代替。但是无论怎样变化，不变的是我们精神和血管里流淌的血。那是固有的血脉，从出生的那一刻，就注定下来，会一直流淌、延续着、生生不息。

那棵在小溪边，被马车刮断倒在地上的小树，父亲看到后心疼不已，扶起小树，修剪树枝，在根部培了土，小树站立起来。为防止小树再次被刮到，父亲在周围把胳膊粗细的四个木桩钉牢在地上，将小树包围保护好，每年给它修枝剪叉。小树就生长在小溪旁边，在水流不断滋养下，逐渐地长大。这棵小树已经非常粗壮，长成了现在院子里的这棵大树，它依然挺拔生长，安安静静伫立着。它曾看到父亲亲手培育保护着它，让它立于这人世间，让它看到这天，看到这地，看到这脚下的水流向远方。它也曾看到过父亲走进走出院子的大门，看到父亲最后的离开，就不再回来。

你走的那天如此平静，夜晚的天空异常的晴朗，繁星点点，北斗星却显得格外明亮。送你离开之后，我好像看到有白鹤掠过，天边的烟霞孤云经历一个又一个寒暑，仿佛是生命的反复，瓦砾和泥土又混在一起。以后的日子有时我觉得又看到过你，白色的衬衫，清瘦的脸，英姿勃发，不知疲倦地飞奔，我不知道后来人会怎么看待这些记录下来的故事，那是你留下的浅浅的脚印，草木茂盛也是你亲口讲给我的，我想这棵树也曾一同听到，听着你的故事，来成就你的向往。那天的树影、那天的饭桌，是否会暗藏一种执着，已无人知晓，但我已学会观察，我知道答案在历史书中会被找到，去往何方也不会再惊心动魄，就是树叶落了满地，只需再等待光阴又填满绿色。